Ventura

Autora: Mariana Kern

Copyright © 2022 by Editora Letramento
Copyright © 2022 by Mariana Kern

Diretor Editorial | Gustavo Abreu
Diretor Administrativo | Júnior Gaudereto
Diretor Financeiro | Cláudio Macedo
Logística | Vinícius Santiago
Comunicação e Marketing | Giulia Staar
Assistente de Marketing | Carol Pires
Assistente Editorial | Matteos Moreno e Sarah Júlia Guerra
Designer Editorial | Gustavo Zeferino e Luís Otávio Ferreira
Capa | Sergio Ricardo, Mariana Kern e Letícia Kern
Revisão | Camila Araujo
Diagramação | Isabela Brandão

Todos os direitos reservados. Não é permitida a reprodução desta obra sem aprovação do Grupo Editorial Letramento.

Dados Internacionais de Catalogação na Publicação (CIP) de acordo com ISBD

G633c	Kern, Mariana
	Ventura / Mariana Kern. - Belo Horizonte, MG : Letramento ; Temporada, 2022.
	164 p. ; 14cm x 21cm.
	ISBN: 978-65-5932-229-9
	1. Literatura brasileira. 2. Romance. 3. Romance psicológico. 4. Ventura. 5. Destino. 6. Sorte. 7. Acaso. 8. Amor. 9. Amizade. 10. Triângulo amoroso. 11. Coreano. 12. Editora. 13. Livro. 14. Trauma psicológico. 15. Assédio. 16. Superação. 17. Justiça. 18. Empoderamento feminino. 19. Romeu. 20. Julieta. 21. Farmácia. I. Título.
2022-3094	CDD 869.89923
	CDU 821.134.3(81)-31

Elaborado por Vagner Rodolfo da Silva - CRB-8/9410

Índice para catálogo sistemático:
1. Literatura brasileira : Romance 869.89923
2. Literatura brasileira : Romance 821.134.3(81)-31

Rua Magnólia, 1086 | Bairro Caiçara
Belo Horizonte, Minas Gerais | CEP 30770-020
Telefone 31 3327-5771

TEMPORADA
é o selo de novos autores do Grupo Editorial Letramento

editoraletramento.com.br • contato@editoraletramento.com.br • editoracasadodireito.com

9	PLAYLIST
11	PRÓLOGO - ROMEU E JULIETA DE CABELO AZUL
15	CAPÍTULO 1 - QUASE UM ANO DEPOIS
30	CAPÍTULO 2 - TERÇA-FEIRA, SUA LINDA
38	CAPÍTULO 3 - OS BOLOS DE ANIVERSÁRIO
55	CAPÍTULO 4 - COMO NÃO ESTRAGAR TUDO
71	CAPÍTULO 5 - O TRIÂNGULO AMOROSO
84	CAPÍTULO 6 - VITAMINAS
89	CAPÍTULO 7 - FANTASMAS DO PASSADO
110	CAPÍTULO 8 - O VALOR DA MINHA PALAVRA
115	CAPÍTULO 9 - COMO ESTRAGAR TUDO
131	CAPÍTULO 10 - A MELHOR ARMA É O AMOR
143	CAPÍTULO 11 - A PRIMEIRA DE MUITAS
148	CAPÍTULO 12 - AMAR E SER AMADA
153	EPÍLOGO - O CARROSSEL
164	AGRADECIMENTO

Dedicado a minha linda filha Melissa. O meu sonho somente se tornou um livro porque você estava em meus braços me inspirando e me fazendo querer ser uma mulher melhor.

PLAYLIST

Conheça a playlist de Ventura que está repleta de músicas que me inspiraram, que fazem parte da história ou que estão relacionadas aos personagens. Para aproveitar, basta abrir o Spotify, clicar em "buscar", depois no ícone de câmera que aparece na busca e apontar sua a câmera do celular para a imagem abaixo.

PRÓLOGO - ROMEU E JULIETA DE CABELO AZUL

Eu sempre escolho o pior momento para fazer as coisas. Esperar em uma fila de farmácia com um casal trocando beijos na sua frente, enquanto você tem na sua mão uma pílula do dia seguinte, é a receita para piorar ainda mais um dia que já estava horrível. Eu, toda desarrumada e com a cara inchada depois de tanto chorar, tive que ficar parada nessa fila olhando esses belos pombinhos apaixonados trocando juras de amor. Ela, com seu cabelo estilosamente bagunçado, com mechas azuis nas pontas, combinando perfeitamente com seus lindos olhos azuis, era toda descolada, como eu nunca consegui ser. Ele, com sua roupa despojada que combinava com a dela, seu charme asiático, seu sorriso magnético, seus lindos olhos castanhos, hipnotizados de amor por ela, era claramente um romântico como o meu eu de doze anos imaginava que todos os homens seriam. Pena que eu já tenho 25 anos e não acredito mais em contos de fadas. Vendo aquela cena, eu segurei a pílula do dia seguinte ainda mais forte.

Eu só consigo pensar no quanto eles estão me irritando. Eles também vão comprar somente um item e é claro que tinha que ser um bendito preservativo. Como se eu precisasse de mais lembranças da noite anterior. Finalmente chegou a vez deles no caixa, eu pensei que meu suplício ia acabar. Claro que eu estava enganada. Com uma voz doce e uma cara de pau, a bela moça pede para o atendente da farmácia trocar uma nota de um valor absurdamente alto por várias notas menores. Quem ainda faz isso? E quem ainda paga as coisas com dinheiro? Obviamente, o atendente, que era feliz e simpático, falou que iria fazer o possível para ajudar e ficou empenhado em trocar o dinheiro. Todos parecem estar tendo um ótimo dia, menos eu. A minha paciência que já estava se esgotando foi testada até o limite. Como sou azarada com filas, sempre tem alguém com problema na minha frente. Algumas vezes o cartão não passa. Outras vezes a pessoa esquece de pegar algum item e pede para esperar. Enfim, algo sempre acontece. O que mais me irrita é quando a pessoa acha que o caixa de uma loja é um caixa de banco.

O casal meloso aparentemente não estava com pressa, ao contrário de mim. Em meio a risadinhas, eles faziam planos para o final de semana que iriam passar juntos. Eu, patética, só pensava "que se lasque o fim de semana, eu preciso tomar logo essa pílula". Estava preocupada se realmente o remédio funcionaria ou se eu teria que fazer alguma loucura bebendo um chá maluco feito pela avó da minha amiga. Fora isso, eu não conseguia me imaginar amando outra vez depois do que aconteceu. Muito menos estando grávida e solteira, por isso a pílula era tão importante. Não queria ver aquele homem de novo nunca mais. Basicamente, eu não podia me imaginar feliz, mas na minha frente estava o modelo da felicidade conjugal, esfregando na minha cara que o amor é belo. Era o casal propaganda da esperança no futuro. Tudo isso era demais para mim.

Cada segundo parecia uma eternidade. Impaciente, eu já devia estar emitindo sons de irritação, porque o belo Romeu conseguiu, durante um segundo, perceber que havia mais alguém no mundo além de sua amada Julieta. Ele me olhou com um olhar de cachorrinho que caiu da mudança. Quando falou, percebi que sua voz combinava com a sua boa aparência.

- Estamos demorando muito, não é? Me desculpe.

Eu acho que consegui emitir algum som que parecesse um "tudo bem" e sorrir, mesmo que sem graça, talvez sendo brevemente seduzida por seu sorriso magnético e sua doce voz. De qualquer forma, foi só ele se virar que o meu dia ficou novamente nublado. Não sei se eu estava maluca, mas tive a impressão de que a Julieta olhou feio para o Romeu por ele ter falado comigo. Me deu vontade de dizer para ela que não precisava ter ciúmes, porque eu nunca iria conseguir um Romeu como o dela. Claro que na verdade isso tudo deveria ser a minha imaginação, afinal ela nunca teria ciúmes de mim, muito menos nesse estado.

Comecei a imaginar como era a vida deles. Escrevi todo o roteiro na minha cabeça, pois não tinha nada para fazer. Seus nomes já tinham sido escolhidos, ele era Romeu e ela, Julieta. Primeiro pensei em como eles se conheceram. Na minha história, ela era modelo e ele fotógrafo. Quando seus olhares se encontraram, durante uma sessão de fotos, foi amor à primeira vista. Desde então, eles não conseguiram mais se separar. Imaginei uma cena com o casal saindo da farmácia e caminhando de mãos dadas em direção a um restaurante, ele puxando a cadeira para ela e ela agradecendo. Eles escolhem um vinho para beber, conversam e se beijam. Por que eu estava pensando tudo isso? Achei que a última coisa no mundo que eu iria pensar hoje seria em romance. E por que eu estava tão fixada nesse casal?

Quando finalmente chegou a minha vez no caixa, eu percebi que não estava preparada para lidar com a cara do atendente. Ele me olhou nos olhos quando viu a minha compra, como se dissesse "eu sei o que você fez na noite passada". Só que ele não sabia. Ninguém sabia. Eu devia pelo menos ter escolhido mais alguns produtos para disfarçar a pílula do dia seguinte e o meu desespero. Peguei uma barra de chocolate que estava perto do caixa para tentar minimizar o meu desconforto, mas não deu muito certo. Quando o casal estava saindo, olhei para trás para vê-los uma última vez, só que para minha surpresa o Romeu também estava me olhando e eu tive a impressão de que ele até sorriu para mim. Fiquei vermelha de vergonha só de pensar na possibilidade dele estar ciente de que passei os últimos minutos escrevendo um roteiro sobre a vida dele. Provavelmente eu estava tão imersa na história que imaginei o sorriso também.

Não sei por que, mas mesmo depois do que aconteceu ontem à noite eu tenho a impressão de que esse casal vai me marcar para sempre. Acho que vou me lembrar durante muito tempo desse dia e desses minutos irritantes esperando na fila atrás do lindo casal de pombinhos apaixonados. Provavelmente eu estava ficando maluca, mas tudo bem. Lá se foram o lindo Romeu e a perfeita Julieta de cabelo azul. Pelo menos eles me ajudaram a esquecer por alguns minutos a minha trágica realidade. Sem perspectivas para mim, posso pelo menos torcer por eles. E viveram felizes para sempre. Foi assim que eu encerrei a minha história sobre eles.

CAPÍTULO 1 - QUASE UM ANO DEPOIS

Era o dia do meu aniversário. Não que eu estivesse animada com isso, já que a data comemorativa acabou sendo em uma terça-feira, o dia mais sem graça da semana. Pensando bem, isso combinava com a minha rotina do último ano, completamente sem sal. Meus pais não conseguiram me visitar. A casa deles é antiga e um curto-circuito deu origem a vários problemas de fiação. Em uma cidade do interior é difícil conseguir alguém para fazer as coisas rapidamente, diferentemente daqui, onde tudo acontece tão rápido e está disponível 24h. Estou há quatro anos morando sozinha na cidade grande, como meus pais dizem, mas parece que nunca vou me acostumar com essa agitação.

Comemorar o aniversário em dia de trabalho é muito desconfortável, pois você não sabe se as pessoas vão se lembrar sozinhas ou se você deve falar "oi, hoje é meu aniversário, cante parabéns para mim". Claro que eu nunca optaria pela segunda opção, então eu simplesmente finjo que não me importo com esse dia e que está tudo bem se ninguém lembrar, afinal são todos tão ocupados que não teriam por que notar que a minha existência terá mais um ano acrescentado à conta. Como sempre, eu estava sendo bem dramática no dia dedicado a comemorar o meu nascimento.

Meus amigos mais próximos me enviaram figurinhas engraçadas desejando parabéns, mas ninguém tinha tempo para sair e comemorar, afinal era terça-feira. Meus pais mandaram um áudio que parecia eterno, com o típico começo de fala

cortado e a minha mãe falando a frase final "será que gravou?".
Mesmo assim, foi bom ouvir a voz deles. Eu sinto saudade todos os dias, mas abolimos longas ligações porque a minha mãe costumava chorar sem parar toda vez que nos falávamos. Meus avós ligariam mais tarde, com certeza. Além deles, é claro que o meu melhor amigo Leonardo também se lembrou da data. Ele mandou logo cedo uma montagem fofa com nossas fotos desde a infância. Meu nome é Sara Ventura e todo mundo me chama de Sara, Sarinha, Sá ou Sarita, menos o Leo que faz questão de me incomodar me chamando de Ventura. A gente se conhecia desde pequenos, porque nossos pais eram amigos de muitos anos. As pessoas geralmente achavam que éramos irmãos, mas de vez em quando alguém nos parabenizava por ser um casal tão bonito, o que não podia ser mais longe da verdade.

O Leo era sempre o lado bom do meu aniversário. O lado ruim foi lembrar como o meu cabelo estava horrível com 14 anos. Já o cabelo dele estava ótimo, afinal ele sempre foi perfeito. Na adolescência, eu claramente demonstrava gostar dele e ele me tratava apenas como sua quase irmãzinha boba. Que bom que o meu cabelo melhorou e o meu crush voltou a ser somente meu amigo. Ele é muito melhor como amigo, então foi bom ele nunca ter descoberto que eu gostava dele. Imaginei se a gente tivesse começado a namorar. Com certeza eu nunca teria vindo me arriscar nesse emprego sozinha. Provavelmente estaria casada, morando no interior, com a mesma vida pacata dos meus pais e avós. Por um segundo essa ideia me pareceu reconfortante, mas que bom que o segundo passou. Com certeza eu iria surtar nessa versão esposa perfeita do fim do mundo. Iria me perder, além de perder o meu melhor amigo. Foi melhor assim. Até porque ninguém consegue ficar casada com um palhaço que acha que seus gases são a coisa mais engraçada do mundo, por mais lindo que ele seja.

Olhei as nossas fotos durante um tempo, até que a realidade voltou quando vi meu reflexo na tela do computador. "Sara Ventura, você só nasceu nesse mesmo dia há 26 anos atrás e isso não torna o dia de hoje especial. Vamos trabalhar". Depois dessa mentalização, comecei a minha rotina. No trabalho, ninguém me deu parabéns e eu, é claro, não falei nada. Talvez alguém se lembrasse mais tarde. O lado ruim de trabalhar em uma editora de livros era que a maioria das pessoas vivia com a cabeça enfiada em histórias e narrativas interessantes, o que pode acabar deixando a vida real menos interessante. Eu mesma tinha a mania de inventar roteiros para a vida de pessoas desconhecidas e me perder nessas histórias.

Fora que as pessoas eram introspectivas e cada um cuidava da sua vida. Menos a Laura, a minha amiga que se sentava ao meu lado ou a minha amiga porque se sentava ao meu lado. Digo isso porque nunca soube se fiquei amiga dela por ela estar fisicamente próxima de mim ou se realmente tenho algo em comum com uma pessoa tão animada. Ela é apaixonada por fofocas e baladas, diferentemente de mim que não me interesso pela vida real de ninguém e fico muito confortável de pijama em casa. Acho que é por isso que gosto tanto de trabalhar como editora. O problema era que para trabalhar com livros acabamos tendo que trabalhar com pessoas. Descobri isso da forma mais difícil, lidando com chefes, principalmente.

Estranhamente, até a Laura parecia ocupada demais para se lembrar do meu aniversário. Eu pensei que poderia casualmente falar algo como, "eu não sei se é porque estou ficando mais velha hoje, mas pareço tão cansada". Logo desisti, isso seria muito estranho. Resolvi deixar para lá. Depois me preocupei se eu iria conseguir fingir que não era meu aniversário no horário de almoço. Geralmente saímos para almoçar juntas. Para evitar a situação, eu achei melhor fugir. Falei para Laura que eu tinha que ir à farmácia e, de lá, iria almoçar com uma amiga. Fingir um compromisso era a melhor solução, assim ninguém me pediria para ir junto. Como eu precisava comprar algumas vitaminas, pois estava me sentindo realmente cansada ultimamente, fui à farmácia para a mentira não ser completa. Tinha que ser em um lugar mais distante, para não correr o risco de encontrar o pessoal do trabalho.

Aparentemente todo mundo precisava de remédios naquele dia e naquele horário, porque a farmácia a qual fui estava lotada. Eu não tinha pressa para voltar, afinal iria almoçar com a minha amiga imaginária, então resolvi ficar e enfrentar a fila. Como eu já esperava, só um dos caixas estava funcionando. Claro que a Lei de Murphy tomou suas providências. A primeira da fila, uma moça simpática, percebeu que esqueceu de pegar algo e pediu para o caixa esperar. É, isso também sempre acontece comigo. Só faltava o próximo ter problemas com o cartão. Pronto, não faltava mais. A minha impaciência começou a me testar como sempre. Olhei mais uma vez as mensagens de feliz aniversário que saltavam com letras coloridas da tela do meu celular. Tentei me distrair. Pensei que eu não estava com pressa. Logo depois já estava pensando que a demora estava demais. Por que sempre comigo? Se alguém pedisse para trocar dinheiro, eu iria embora.

Olhei para o próximo da fila e vi que ele era um senhor de idade que andava com um celular super antigo pendurado no pescoço. Ele abriu a carteira e tirou uma nota de valor alto. Na sua outra mão, estava um comprimido para dor de cabeça. Ele vai comprar só isso com essa nota alta? Não, ele vai pedir para trocar o dinheiro, com certeza. Sério que ele veio só para trocar o dinheiro? Que irritação. Acho que só pensei ou será que falei? Pelo jeito eu falei em voz alta sem perceber, porque ouvi a pessoa que estava atrás de mim na fila falar comigo.

- Pior que ele vai mesmo.

Eu olhei para trás sem graça. Esperava ver alguém com a cara amarrada como a minha, mas fiquei surpresa com o rosto simpático do homem com o qual me deparei. Ele era lindo, alto, tinha belíssimos olhos e um sorriso arrebatador. Aparentemente, tinha mais ou menos a minha idade. Ele estava me olhando amigavelmente, como se estivesse achando graça dessa situação irritante na fila. Não sei por que, mas parecia que eu o conhecia de algum lugar. Dei um sorriso sem graça e, quando estava me virando para continuar a minha longa e solitária espera, o estranho com cara de conhecido me surpreendeu novamente. Ele falou comigo completamente à vontade.

- Acho que vou desistir dessa farmácia. Essa fila vai demorar muito ainda.

- Sim, se eu soubesse, tinha deixado essas vitaminas para outro dia.

- Isso não. Vitaminas são importantes. Eu conheço uma farmácia aqui perto que deve estar mais vazia. Vou comprar meu remédio lá.

- É, aqui está bem demorado.

- Você parece estar mais irritada do que eu. Vamos juntos. Eu te compro um chocolate lá.

Por que esse lindo, ou melhor, esse estranho, estava notando minha existência e aparentemente tentando fazer com que eu me sinta melhor? Não sabia. Só sabia que estava gostando de ser notada por ele. A ideia de alguém me oferecer um doce no dia do meu aniversário, mesmo que fosse um estranho, me pareceu o mais próximo de alguém me oferecer um bolo de aniversário. Por algum motivo eu queria ir, mas, como sempre, fiz uma intensa análise da situação. Eu li muito sobre o Id, o Ego e o Superego durante o meu processo de psicoterapia. Sempre me lembrava dessa divisão quando estava nessas situações embaraçosas. Minha cabeça foi longe. "Aceita logo, olha como ele é gato", disse o meu Id que estava empolgado. Depois pensei que isso tudo era muito estranho. "Ele deve estar querendo me usar, está sem dinheiro e quer que eu pague pra ele", o meu superego parecia desconfiado, como sempre. Finalmente chegou a melhor conclusão. "Ele parece confiável, talvez tenha se comovido com a minha agonia e queira fazer a boa ação do dia". Sim, o meu ego é o mais sensato. Decidi pegar o caminho do meio. Quis também aproveitar que eu estava ficando mais velha para ficar um pouco mais desavergonhada.

- É, acho que vai demorar. A farmácia é aqui por perto?

Falei quase gaguejando, tímida por estar conversando com um desconhecido. Ele nem respondeu, só sorriu, pegou o frasco de vitaminas da minha mão e colocou na prateleira, depois segurou meu pulso e me puxou para fora da farmácia. Ele andou rápido, como se fôssemos amigos de escola correndo para o recreio. Foi tão inesperado que meu coração acelerou. Ou será que o meu corpo somente estava reagindo ao toque de outra pessoa depois de tanto tempo evitando contato? Não sei, só sei que foi emocionante. A gente já estava na rua quando ele percebeu que ainda estava segurando meu pulso. Ele me soltou envergonhado e deu um suspiro alto.

- Ufa, estava abafado lá dentro. Não sei o que mais poderia dar errado com aquelas pessoas na fila.

- Aconteceu de tudo mesmo.

- Impressionante, só faltava o próximo ter esquecido a carteira em casa. Pior que essas coisas sempre acontecem comigo.

- Comigo também.

- Na outra farmácia vamos ter mais sorte. Suas vitaminas vão até estar com desconto. Você vai ver.

Dei um sorriso. Ele era tão simpático que nem liguei para o fato dele ter literalmente me arrastado de lá. Essa parte foi emocionante, provavelmente porque eu estava muito entediada. Continuamos andando lado a lado olhando as lojas e trocando poucas palavras. Logo chegamos em uma farmácia que parecia estar em reforma. Ele botou as mãos na cabeça.

- Não acredito, eles estão fechados? Acho que estão reformando. Era essa a farmácia que eu te falei. Me desculpe.

- Tudo bem, eu não tinha pressa para comprar aquelas vitaminas mesmo.

- Claro que tinha, vitaminas são sempre urgentes.

- Eu posso tentar encontrar outra farmácia depois do almoço, não se preocupe.

- Você não deve ter tempo de procurar agora. Deve ter compromisso, não é?

- Na verdade, não. Estou com o horário do almoço livre, por isso achei que ia ter paciência para enfrentar aquela fila.

- Sério? Eu também não tenho nada agora. Estou com bastante dor de cabeça. Acho que vou procurar outra farmácia dentro do shopping aqui perto.

- É, acho que tem uma lá mesmo.

- Se quiser podemos ir juntos. Não sou maluco, nem estou dando em cima de você ou algo do tipo. Só estou oferecendo companhia. Eu prometo.

- Vamos, então. Aceito sua companhia.

Pensei "é, realmente você não tinha porque dar em cima de mim, olhe para você". Ele era lindo demais para estar me dando toda essa atenção. Eu estava achando tudo aquilo muito surreal. Por que eu estava seguindo um estranho em uma busca insensata por uma farmácia? E somente para fugir do pessoal do trabalho e comprar vitaminas. Não era como se eu estivesse doente ou com urgência. Acho que estava tão carente que aceitei. Talvez porque era meu aniversário e eu estava solitária. No fundo, percebi que estava empolgada com a situação. Senti como se estivesse vivendo uma aventura. Não sei de onde surgiu a coragem de continuar andando por aí com ele, mas decidi fingir ser outra pessoa por um tempo, uma Sara Ventura acostumada a conhecer pessoas novas e a passear por aí sem rumo. Uma mulher descontraída e corajosa, como nas minhas histórias favoritas.

Andamos devagar falando sobre o clima e sobre a direção do shopping. Era agradável conversar com ele, seu tom de voz era suave. Ele era sedutor e simpático. Com certeza ele deveria ter muitas mulheres aos seus pés, já que precisou deixar claro que não estava dando em cima de mim. Quando chegamos ao shopping, me lembrei que fazia tempo que eu estava presa na rotina diária de casa e trabalho. Também percebi que ainda não tinha almoçado e senti a fome chegar. Ele pareceu conseguir ler os meus pensamentos.

- Nossa que cheiro bom de comida. Deu fome.

- Sim, a praça de alimentação deve ser por aqui.

- Eu ia comer algo quando voltasse para o trabalho, mas agora me deu vontade de comer sushi. Você já almoçou?

- Na verdade, não. Eu vou aproveitar e almoçar aqui mesmo depois de encontrarmos a farmácia.

- É tão difícil conseguir mesa para uma pessoa sozinha no shopping. Não quer dividir uma mesa? Podemos continuar conversando.

Isso estava ficando cada vez mais estranho. Por que ele queria almoçar comigo? Por que continuava sendo simpático como se quisesse ser meu amigo? Será que alguém pagou para ele me fazer companhia no meu aniversário? Não, ninguém gastaria dinheiro com isso. Será que aconteceu algo ruim com ele hoje e ele não quer ficar sozinho? Não, ele deve ter muitas opções para chamar para um almoço. Pensei muito, mas nada fazia sentido. Novamente agi por impulso e aceitei. Será que essa nova idade era um marco e estava mesmo fazendo minha vergonha diminuir? A minha mente estava inquieta. O importante era que o aniversário sem sal talvez pudesse passar a ter algum tempero. Ele viu que aceitei o convite e logo fez questão de se apresentar de forma apropriada, sendo um cavalheiro completo.

- Vamos fazer isso direito. Olá, muito prazer, o meu nome é Eric Song e o seu? Você gosta de sushi?

- Oi Eric, o prazer é meu. Me chamo Sara Ventura e sim, eu adoro sushi.

- Legal, Sara, vamos almoçar?

- Adoraria.

Sem perceber, eu estava me derretendo por ele, mesmo depois do que ele falou sobre não estar dando em cima de mim. Nunca fui assim antes e não sabia o que estava acontecendo, mas eu estava imersa na personagem. Durante o almoço conversamos sobre a nossa família e o nosso trabalho. A minha vontade era perguntar se ele era solteiro, mas ficaria muito na cara que eu estava interessada nele. Ele era muito sociável, então falei que ele deveria fazer amigos com facilidade, mas ele disse que tem poucos amigos na cidade por ter focado muito no trabalho desde que se mudou. Então era isso, ele queria amigos. Acho que os homens gostam de ser meus amigos, aparentemente sou boa nisso. É melhor pensar assim do que na possibilidade de não me acharem desejável.

Conversamos muito, como se fôssemos conhecidos de longa data. Eric contou que trabalha em uma emissora de televisão, na área de edição. Ele demonstrou gostar bastante do seu trabalho. Se divertiu com o fato de ambos trabalharmos com entretenimento, apesar de ter dito que os livros não competem com a facilidade que a televisão oferece, o que gerou uma breve discussão sobre o assunto. Ele também achou graça de ambos os nossos cargos terem a palavra edição no título. A coincidência era grande mesmo. Editor de vídeos e editora de livros. Parecia até piada pronta. A diferença é que ele tinha grandes planos para a carreira dele, enquanto eu estava apenas vivendo um dia de cada vez. Ele compartilhou que o seu sonho sempre foi trabalhar na indústria do cinema, editando filmes épicos e inclusive concorrendo a um Oscar. Ele parecia ainda mais encantador falando sobre isso.

Eu prestei atenção em cada detalhe do que ele me contava e em cada expressão que ele fazia. Quando ele me pedia para falar sobre mim, eu sentia como se não tivesse nada tão interessante para compartilhar, mesmo assim ele parecia fascinado com cada informação minha. Eu não entendia como minha vida poderia ser tão interessante para um estranho, ainda mais um tão carismático e lindo como ele. Eu já tinha olhado bem para ele, mas sentada de frente pude observar de perto outros detalhes do seu corpo, como a ruga de expressão que ele fazia quando falava sério, a pintinha no pescoço que passa quase despercebida, a largura dos seus ombros, a veia que saltava no seu braço quando ele se movimentava, o desenho dos seus lábios e como ele balançava levemente a cabeça depois de dar uma risada. E que risada contagiante. Cada novo detalhe o deixava ainda mais adorável.

O tempo passou voando e quando eu vi já era hora de voltar ao trabalho. Eu não tinha vontade de trabalhar e muito menos de encerrar o encontro com ele. Pensei na palavra encontro, mesmo sabendo que não era isso. Afinal, mesmo que por um milagre ele estivesse interessado, eu não queria me envolver com ninguém. Eu tinha bons motivos para isso, pois ainda não tinha superado o final trágico do meu último relacionamento. O problema era que a conversa estava tão boa que eu estava ficando sem foco. Quem sabe, talvez a gente pudesse realmente ser amigos. Voltei do meu devaneio e percebi que ele estava falando comigo.

- Você ainda quer ir à farmácia, certo? Nossa conversa foi tão agradável que a minha dor de cabeça melhorou, mas vou comprar o remédio caso ela volte.

- Talvez fosse fome.

- Fome? Não. Com certeza foi falar com você que me fez melhorar. Podemos ir?

Eu não queria me separar dele ainda, então falei que sim. Continuamos trocando informações de forma leve e descontraída enquanto procurávamos a farmácia. Meus pés se arrastavam com a esperança de que o caminho se tornasse mais longo. Ele falava animado sobre a importância da edição nos filmes e eu falava sobre como os livros são editados. Realmente, a gente tinha muito em comum. Ele também era do interior, se mudou para focar no trabalho, era filho único, gostava de música e assistia filmes antigos, exatamente como eu. Mesmo assim, ele fazia parecer que a vida dele era infinitamente mais interessante do que a minha. Nunca conheci tantos detalhes sobre alguém em tão pouco tempo. Andamos muito, até que percebemos que nunca chegávamos na tal farmácia. Resolvi pedir ajuda para um segurança do shopping.

- Senhor, onde fica a farmácia do shopping, por favor?

- Moça, a farmácia fechou e ainda não abriram a nova.

- Sério? Não tem mais farmácia aqui?

- Infelizmente, não.

- Não é possível que a gente não consiga encontrar uma farmácia.

O Eric começou a rir e eu olhei para ele brava, mas a sua risada era tão contagiante que logo a situação virou piada. Comecei a rir também e me lembrei que fazia muito tempo que não ria assim. O dia do meu aniversário estava sendo inusitadamente divertido, apesar de eu ter tentado ficar escondida do mundo. Ainda rindo, ele começou a falar.

- Acho que você deve estar pensando "maldita hora que eu resolvi seguir esse maluco para procurar farmácias que não existem".

- Apesar de ser muito surreal essa situação, eu estou feliz.

- Verdade?

- Acho que se eu não tivesse seguido um desconhecido e tivesse continuado na fila daquela farmácia me irritando, eu não estaria tendo um ótimo aniversário.

- Aniversário?

- Sim, mas eu não sou uma estranha pedindo para você me dar parabéns, não se preocupe. Só quero te agradecer por ter transformado a minha triste fuga para almoçar sozinha no meu aniversário em uma aventura tão interessante em busca das farmácias perdidas.

- Bom, é claro que vou te dar parabéns e você não é mais uma estranha. Feliz aniversário, Sara.

- Obrigada.

- Na verdade, eu preciso confessar algo. Pretendo ver você de novo, então é melhor falar logo do que arrastar isso por muito tempo.

- Pronto, lá vem a parte doida.

- Não é tão maluco, eu acho. Foi algo estranho da minha parte, confesso. Quando eu estava atrás de você na fila da farmácia eu vi algumas mensagens de parabéns no seu celular.

- Você sabia que era meu aniversário? E você estava olhando o celular de uma estranha?

- Sim e sim. Me desculpe. Estava bem na minha frente e eu estava tão entediado naquela fila. Não costumo prestar atenção na vida dos outros, mas foi tentador. Quando eu perguntei se você tinha planos, você estranhamente falou que não, mesmo sendo seu aniversário.

- E aí você ficou com pena? Andou esse tempo todo comigo por me achar uma solitária patética?

- Não, não é nada disso. Eu vi que as mensagens dos seus amigos eram fofas e engraçadas. Foi então que eu pensei que a pessoa que recebe mensagens de aniversário assim deveria ser muito interessante. Fiquei curioso. Também gostei muito das suas reações irritadas na fila. Quis te conhecer.

- Não sei, você sabia do meu aniversário e quis almoçar comigo para que eu não almoçasse sozinha. Parece pena.

- Não, eu juro. Você deve ter seus motivos para não querer almoçar com ninguém hoje. Eu não pensei que a gente ia acabar se dando tão bem naquela hora em que eu te levei para a outra farmácia. Foi um impulso, aconteceu sem planejamento, mas eu estou muito feliz de ter feito essa loucura, porque te conhecer está sendo ótimo.

- Foi estranho, você mesmo disse. Eu tenho um pouco de dificuldade em confiar nas pessoas.

- Eu prometo que não sou sempre estranho assim. Vou te provar que mereço sua confiança. Peço desculpas se você se sentiu enganada ou algo assim, porque não era a minha intenção. Queria te conhecer e eu realmente estava certo, pois você é muito legal.

- Obrigada, você também é. Vou tentar pensar que você quis fazer parte do aniversário de uma desconhecida por ser o cara mais gentil do mundo.

- Realmente eu quis comemorar o seu aniversário com você, mesmo sem te conhecer. Mas não imaginei que minha ação espontânea renderia tantas risadas. E não sou tão bom assim, tem muita gente mais gentil do que eu por aí.

- Acho difícil, nunca conheci alguém tão simpático com uma estranha antes.

- Acho que você já pode parar de se chamar de estranha. Já somos amigos. Até já me abri com você sobre meu momento indiscreto bisbilhotando o celular alheio.

- Tudo bem. Vou tentar. Agora vamos voltar para a realidade. Desistimos da farmácia e voltamos ao trabalho, certo?

- Infelizmente sim, mas a minha vontade era continuar a saga em busca das vitaminas.

- Pois é, eu também não queria voltar. Achei bom me desconectar um pouco. Aliás, eu nem olhei mais meu celular.

Parei por um minuto para conferir as minhas mensagens. Vi mais algumas mensagens de parabéns de familiares e conhecidos, mas nada que me empolgasse. O mais importante era que tinha uma mensagem da Laura falando que a luz tinha acabado na região toda e que eles estavam sem conseguir trabalhar. Na mesma hora o Eric também viu que seu chefe avisou que não adiantava voltar porque estavam sem luz no prédio. Ele foi informado pelo chefe que estava liberado? Ou esse chefe é muito bom ou o Eric conseguia mesmo ganhar a simpatia de todos. Ele ficou animado e eu torci para que ele falasse que queria continuar nosso encontro. Um encontro entre novos amigos, claro, eu não iria me iludir. Ao mesmo tempo eu pensei que era melhor encerrar ali, enquanto ele me achava legal e interessante. Talvez passando mais tempo comigo ele percebesse como eu era sem graça e ranzinza. Só que novamente ele foi doce comigo, me dando esperanças.

- Sara, acho que o destino sorriu para mim. O seu prédio também está sem luz, não é?

- Sim, a minha colega acabou de me avisar.

- E você tem que voltar agora?

- Teoricamente sim, porque o pessoal costuma esperar lá mesmo quando acontece algo assim. Ninguém libera a gente tão fácil.

- Sério? Que pena.

Ele genuinamente parecia chateado. Será que ele realmente queria continuar conversando comigo? Eu não podia perder essa oportunidade. Nem tinha certeza se ele estava me dando um sinal de que queria passar mais tempo comigo mesmo ou se era minha imaginação, mas não podia deixar de arriscar. Afinal, eu estava sendo outra Sara.

- Talvez se eu falasse para a minha colega que tenho que resolver algumas coisas. Posso pedir para ela me avisar se a luz voltar e me ajudar caso alguém pergunte sobre mim.

- Ótima ideia. Afinal, hoje é seu aniversário. Você merece.

- É, hoje eu mereço. Vou ver se ela topa.

Rapidamente mandei mensagem para a Laura e ela falou que iria me ajudar, já que nunca tinha visto eu querer matar trabalho. Ela fez questão de falar que me achava tão certinha que adorou saber que eu também sabia ser rebelde. Tentei não pensar que ela não tinha se lembrado do meu aniversário e ainda estava rindo da minha cara. Pelo menos ela iria me ajudar a prolongar meu tempo com o Eric.

- Nossa, eu nem acredito. Ela topou.

- Sério? Que legal. O que você quer fazer? Quer continuar no shopping? Quer ir ver um filme?

- Você quer mesmo? Quer dizer, você pode?

- Quero e posso. Pelo menos até a luz voltar. E aí, o que você quer fazer?

- Acho que ir ao cinema é complicado, vai que a gente tenha que voltar correndo para o trabalho, né?

- É verdade. Só que cansei de ficar nesse ambiente fechado. Tem um parque aqui perto, quer ir dar uma caminhada?

- Pode ser. Estou sempre com os meus sapatos mais confortáveis.

- Ótimo, mas se precisar eu te carrego.

Eu ri mais uma vez. Foi quando percebi que estava sorrindo desde que troquei as primeiras palavras com ele. Ele tinha algum tipo de magia que me fazia ficar descaradamente feliz, apesar de todos os meus esforços para continuar escondida no meu casulo invisível e confortável.

CAPÍTULO 2 - TERÇA-FEIRA, SUA LINDA

Quando eu era pequena, assistia a filmes com as pessoas passeando no parque e sempre achava tão romântico. Até aquele dia eu nunca tinha tirado um tempo para fazer um passeio em um dos vários parques que essa cidade enorme tem a oferecer. Aliás, não fazia quase nada além de trabalhar. Com ele, eu finalmente estava vivendo aquela experiência tão banal e ao mesmo tempo tão incrível. A cada segundo o dia ficava melhor. Passeamos lado a lado até que me perdi nos meus pensamentos. Fiquei um tempo sem falar nada, somente contemplando a natureza e pensando na vida. Ele simplesmente me seguiu, calado, aparentemente respirando o ar puro, assim como eu. Era como se ele soubesse avaliar a situação para agir de acordo com o que me deixava mais confortável. Era fácil estar com ele. Normalmente o silêncio me deixava angustiada e ansiosa, mas com ele fiquei em paz.

O parque era lindo, repleto de árvores e flores. Crianças e cachorros corriam, algumas pessoas conversavam sentadas nos bancos, outras se exercitavam. Parecia que eu estava conhecendo o mundo do lado de fora do escritório pela primeira vez. Achei engraçado que tudo isso veio de uma fuga para não ter de contar a ninguém sobre meu aniversário. Surgiu de uma ida à farmácia para comprar vitaminas. Eu abri um largo sorriso, sem perceber, mas ele notou rapidamente.

- O que é tão engraçado, aniversariante?

- Nada. Só estava pensando que é estranho como o dia teve uma reviravolta. Eu nunca costumo ir à farmácia no horário do almoço, passear no shopping, almoçar sushi, muito menos caminhar no parque no meio da tarde de uma terça-feira. Logo a terça-feira, sempre um dia tão sem graça.

- Essa terça-feira não tem como ser sem graça, porque é a terça do seu aniversário.

- Hoje a terça-feira está linda. Mas falando sério, eu nem queria comentar com ninguém sobre o meu aniversário, por isso eu menti que depois de passar na farmácia eu iria almoçar com uma amiga. Para a mentira ficar menor eu realmente fui à farmácia. Eu nem precisava de nada importante, mas agora ironicamente estou aqui respirando ar puro no parque, me sentindo um pouco mais saudável. Acho que isso vai me fazer tão bem quanto as vitaminas.

- Que bom que você também está gostando. Eu sou igual, nunca tenho tempo para passear. Estou sempre indo do trabalho para casa. Acho que precisava dessas vitaminas também.

- Engraçado que eu estava muito estressada naquela fila e agora estou tão relaxada.

- Você parecia estressada mesmo, mas era um estresse tão fofo que fiquei achando engraçado.

- Você ficou rindo de mim?

- Rindo não, estava admirando.

- Admirando meu estresse, só você mesmo. Sério, me irrita tanto esperar em filas, porque eu sempre sou azarada e escolho a mais demorada. O que realmente me tira do sério é quando a pessoa vai comprar algo só para trocar o dinheiro e eu tenho que ficar pacientemente esperando como se estivesse na fila do banco.

- Sim, nossa, eu também odeio. E o pior é que minha ex-namorada era campeã de fazer isso. Eu morria de vergonha.

- Você me fez lembrar de um casal que encontrei há mais ou menos um ano atrás, trocando dinheiro na mesma situação.

- Um casal trocando dinheiro na farmácia?

- Sim. Me lembro bem porque foi um dos piores dias da minha vida. Eu estava completamente arrasada. Tive que comprar uma, ou melhor, um remédio na farmácia. Na fila, obviamente eu tive azar e o casal que estava na minha frente parecia estar no dia mais feliz da vida deles. Riam, trocavam beijos e juras de amor. E ainda pediram para trocar dinheiro.

- Imagino a sua cara de irritação, talvez tenha sido pior do que a de hoje.

- Foi, com certeza. O dia estava péssimo, eu tinha passado por uma experiência muito ruim. Esse casal estava comprando preservativo só para trocar dinheiro, você acredita?

- Comprando camisinha? Provavelmente não era só para trocar dinheiro.

- Seu bobo. Acho que você tem razão, com certeza foi para o que você está pensando. A Julieta e o Romeu. Nunca vou me esquecer deles. Aliás, ele parecia com você, tinha um sorriso intenso e lindos olhos. Não que eu ache somente os seus olhos lindos, quer dizer, eu acho olhos como os seus lindos, mas não necessariamente os seus.

- Você é engraçada. Mesmo assim vou agradecer o elogio. E por que Julieta e Romeu? Eram os nomes deles mesmo?

- Não, não sei quais eram os nomes deles. Foi só o apelido que dei para eles. A demora foi tanta que até criei uma história para eles. Foi tão marcante que eu sabia que ia me lembrar deles durante muito tempo.

- Queria ter visto essa cena. Você vai ter uma coleção de histórias de farmácia. Eles eram tão irritantes assim?

- Não, estou brincando. Na verdade, o Romeu era até simpático. Ele me pediu desculpa pela demora na fila. Mesmo assim eu ainda fiquei irritada. Logo preservativo, depois do que eu...

- Estranho, parece déjà vu, me lembrei de uma cena parecida. Quando foi isso?

- Foi mais ou menos nessa época, no ano passado.

- Acho que é impossível essa coincidência, mas por acaso a moça tinha mechas azuis no cabelo?

- Sim. Meu Deus, não vai me dizer que o meu Romeu era você? Se tivesse um buraco no chão, eu entrava nele e me escondia para sempre. Não era possível que ele fosse o meu Romeu, aliás, o Romeu da Julieta perfeita de cabelo azul. Por isso eu achava que o conhecia. Fiquei tão surpresa que não sabia o que falar. Quando eu fico nervosa sempre falo besteira, então por que eu abri a boca?

- Romeu? Por que és tu Romeu? Renega teu pai e recusa teu nome.

- Você me mata de rir. Se eu lembrasse da fala seguinte do livro eu até daria continuidade.

- Acho que até saí do ar por um instante.

- Sara Ventura, pior que eu acho que sou ele mesmo, o seu Romeu.

- Isso é sério? Meu? Quer dizer, era você mesmo?

- Eu também não estou acreditando. Lembro de pedir desculpas para uma moça bem bonita que parecia muito nervosa na fila. Não sei como, mas lembro que ela parecia um pouco triste. Tive vontade de consolá-la.

- Você se lembra de mim?

- Não lembro exatamente de você, mas quando você foi contando a cena eu me lembrei da moça, da situação e do dia. Pedi desculpa para ela, quer dizer, para você, porque eu estava morrendo de vergonha da gente estar atrasando a fila toda. Só não imaginava que você tinha ficado tão chateada comigo.

- Não, não foi com você, eu estava exagerando, é claro. É porque vocês estavam tão felizes, formavam um casal tão lindo e ver vocês empolgados com o amor, no pior dia da minha vida, foi difícil. E ainda teve o momento da troca do dinheiro, que eu odeio, enfim, foi besteira. Eu estava com pressa para tomar logo a, quer dizer, o remédio.

- Claro, eu entendo. Deve ter sido muito irritante, mas essa história toda é surreal. Nos encontramos hoje quase na mesma situação daquele dia. Como é possível? Estou achando essa coincidência muito doida.

- Sim, eu também estou, mas estou com tanta vergonha. E não sei nem como tentar explicar essa situação. Duas vezes na fila da farmácia. Quais são as chances?

- Não é como se a gente fosse na farmácia todos os dias, né?

- Pois é, eu quase nunca vou. Nunca presto tanta atenção na vida dos outros, pelo menos não dessa forma. Incrível a coincidência. Eu sinto muito que sem saber falei assim da sua namorada. Fiquei parecendo uma fofoqueira contando a história de vocês sem nem saber nada direito.

- Ex-namorada, na verdade.

- Vocês não estão mais juntos? Imaginei que vocês seriam felizes para sempre. Será que vocês se separaram de tanta energia ruim que eu passei para vocês naquele dia? Sinto muito.

- Você é um doce, Sara. A gente terminou faz muito tempo, foi por volta daquela época. Quando o amor é verdadeiro não tem energia ruim que abale. A relação nem foi muito longa. Ela era uma montanha-russa e eu não consegui aguentar o seu ritmo frenético.

- Vocês pareciam felizes. Eu imaginei vocês um casal tão perfeito que chegava a ser irritante, mas acho que foi porque eu estava descontando minha raiva em vocês. Estou me sentindo mal agora. Ela parecia ser muito interessante.

- Talvez naquele dia estivéssemos parecendo mesmo o casal perfeito e ela sempre passa a impressão de felicidade, mesmo quando não está bem. Nós fomos felizes por um tempo. Aquele dia em especial foi ótimo, realmente. Ela tinha passado em um teste e estava muito animada. Mas você não tem que se sentir mal. Pena que, para você, aquele dia foi tão ruim. Quer falar sobre isso?

- Acho melhor não, na verdade eu não costumo falar sobre isso. Ninguém nem sabe que eu estava em um dia ruim, você deve ser o único que me viu daquele jeito. Que bom que não se lembra da minha cara horrível.

- Horrível? Acho que você está errada, porque eu lembro que a moça que estava chateada era muito bonita, inclusive a minha ex, a Zoe, ficou muito brava quando eu virei para me desculpar. Ela era muito ciumenta.

- Ela teve ciúmes de mim? Só pode ser piada.

- Ela me deu o olhar típico dela. Me fuzilando.

- Logo naquele dia.

- Já que eu fui o único a te ver chateada naquele dia, quando precisar falar sobre isso, estou aqui.

- Obrigada, mas parece ridículo agora eu falar disso com o desconhecido que eu usei para descontar a minha frustração, simplesmente por estar feliz e apaixonado, sendo que o alvo da minha irritação era outro.

- Espera aí, eu não sou mais um desconhecido, não é?

- Não, não é mesmo. Na verdade, acho que você é a pessoa com quem eu mais conversei nesse ano todo, desde aquele dia. Tudo em um dia só. Estou achando que preciso ir à farmácia mais vezes, é terapêutico.

- As farmácias vão marcar a nossa história. Parece que já que não tivemos a chance de conversar naquele dia, nós acabamos ganhando uma segunda oportunidade. Acho que se a gente se casar um dia vou ter que fazer o pedido em uma farmácia.

Eu ri, mas era uma risada nervosa. O que estava acontecendo? Ele não estava dando em cima de mim e agora está falando de casamento. Em que momento do dia essa chave virou? Foi quando eu mostrei o meu pior lado? O lado invejoso que usou ele e a sua ex como bodes expiatórios do meu sofrimento? O lado que passou quase um ano inteiro com eles na minha cabeça, como uma stalker maluca que o chamava de Romeu? Quanto mais eu pensava, menos eu entendia como ele ainda estava falando comigo. Eu não sabia, mas ele continuou e como sempre me surpreendeu.

- Acho que era nosso destino, Sara.

- Destino?

- Nos encontrarmos assim, em uma farmácia novamente, só pode ser destino.

- Engraçado você falar de destino.

- Por quê?

- Porque a minha família sempre esteve muito ligada a esse conceito. Meu sobrenome é Ventura.

- Sim, Sara Ventura, um belo nome.

- Obrigada. O meu avô é italiano e ele sempre deseja a todos uma boa ventura, no sentido de ter um bom destino ou sorte. É uma expressão que todos da família gostam de usar. Eu sempre dei muita importância ao destino, acho que de tanto ouvir isso.

- Que legal. Você com certeza é uma ótima Ventura.

- Essa é a piada sem graça favorita do meu avô.

- Me chamou de sem graça?

- Não, imagina. Foi hilário vindo de você.

- Engraçadinha. Falando sério, eu nunca fui muito ligado nisso, não tive um histórico familiar como você, mas o nosso encontro realmente me pareceu destino.

- Foi muito bizarro, isso sim.

- Bizarro, porém bom, né?

- Sim, bizarro, porém ótimo.

- Que bom. Mas nem essa história toda me fez esquecer que é o seu aniversário. Vamos comer um bolinho em um café aqui perto? É melhor irmos antes que nos chamem de volta para o trabalho.

Ele nem me deu tempo para responder e praticamente me arrastou na direção do café, como quando saímos da farmácia. Ele continuava me lembrando o tempo todo que era meu aniversário e tentando deixar o meu dia mais especial. Como se isso fosse possível. Esse já era o aniversário perfeito. Nunca conheci alguém como ele. A coincidência era incrível também. Senti que ter encontrado o Eric realmente poderia ser uma boa ventura. Só que isso aumentou o meu medo de estragar tudo.

CAPÍTULO 3 - OS BOLOS DE ANIVERSÁRIO

Ficamos sentados em um charmoso café, com flores frescas nas mesas e decoração romântica. Naquele cenário realmente parecia que estávamos em um encontro ou eu estava imaginando coisas? Ele me pediu para esperar e logo veio todo cuidadoso com uma vela acesa em cima de um cupcake. Eu estava morrendo de vergonha porque olhei em volta e vi que todas as mulheres que estavam lá começaram a prestar atenção em nós. Elas me olhavam como se ele fosse o namorado mais fofo do mundo e eu a namorada mais sortuda. O problema é que ele definitivamente não era meu namorado e nem ia dar em cima de mim, certo? Ele mesmo disse isso. Ele estava tentando ser meu amigo. Precisava mentalizar isso. Quando ele se sentou ao meu lado, já fiquei tranquila novamente.

- Eric, não acredito. Não precisava. Até uma vela você encontrou. Agora só falta você querer cantar parabéns.

- Parabéns a você...

- Não!

- Ah, por favor, posso?

- Definitivamente, não.

- Posso cantar em coreano?

- Você fala coreano? Que incrível.

- Sim, minha família toda fala. Uma hora eu te ensino algumas palavras. Posso cantar?

- O ritmo deve ser o mesmo, então não pode.

- Tá bom, você venceu. Pelo menos faça um desejo e apague a vela.

Ele era tão atencioso e animado. Estava ficando difícil pensar em qualquer outro desejo que não fosse "por favor, goste de mim". Imaginei como isso seria bom, mas acabei conseguindo focar no mundo real, então desejei receber um aumento no trabalho. Afinal, aquele dia iria acabar e eu teria que voltar para minha vida sem sal. Ficamos sentados conversando durante muito tempo, principalmente sobre filmes. Era seu sonho trabalhar no ramo cinematográfico e eu sempre fui apaixonada por filmes, apesar de trabalhar com livros. Era muito fácil conversar com ele. Ele perguntava sobre meus gostos como se estivesse realmente interessado em saber. Era algo raro para mim me abrir tão facilmente.

- Qual o seu filme favorito, Sara?

- Bom, eu não consigo escolher somente um, mas confesso que eu amo romances. Aposto que você prefere filmes de ação como a maioria dos homens.

- Você está enganada. Para você ter noção, um dos meus filmes favoritos é "Antes do amanhecer".

- Sério? Eu amo essa trilogia. Acho que você é um romântico moderno. Faz sentido, combina com você.

- Combina? Bom saber.

- Você sabe que combina. Imagino que você tenha milhares de ex-namoradas por aí.

- Até parece. O engraçado é que você conheceu a minha última ex-namorada. Aliás, você até construiu uma narrativa de ficção sobre ela, a Julieta.

- Podemos não tocar nesse assunto? Ainda estou com vergonha.

- Não precisa se envergonhar. Você captou a essência do que estava se desenrolando. Afinal, essa história não tem final feliz, assim como foi o meu relacionamento com ela. Por sorte, não foi um rompimento tão trágico.

- Quanto exagero. Você sabe que eu gosto de livros e filmes, né? Acho que acabei inventando personagens na minha cabeça para passar o tempo na fila e tornar a espera menos agoniante. Uma hora você vai ter que me contar a história real.

- Só se você também me contar a sua história daquele dia.

- Combinado.

- Então, mudando de assunto. Quais são os planos para o resto do dia da aniversariante?

- Sem planos. Como eu falei antes, os meus pais moram no interior e não puderam vir. Meus amigos estão trabalhando ou moram longe. E para o pessoal do trabalho eu não falei nada, então eles nem devem saber. Acho que você já percebeu que eu sou um pouco reservada e tímida, né?

- Eu entendo, também sou assim.

- Você?

- Sim, acha que não sou?

- Você parece muito sociável.

- Acho que só passei essa impressão porque me senti confortável com você.

- Eu também me senti assim.

Ele ficou olhando nos meus olhos profundamente, como se quisesse ler a minha alma. Normalmente eu ficaria envergonhada, só que naquele momento, por algum milagre, eu consegui olhar de volta nos olhos dele. Era como se ele estivesse me hipnotizando. Por isso naquele dia na fila da farmácia eu me irritei tanto vendo a troca de olhares entre ele e a ex-namorada dele. Era puramente inveja. Ainda mais depois do que tinha acontecido comigo. Também entendi por que quando ele se virou para me pedir desculpa eu não consegui responder nada direito e passei o resto do ano me lembrando dele.

Olhei em volta novamente e vi que as outras pessoas no café ainda estavam olhando para a gente. Ele realmente sabe como fazer o coração de uma mulher se derreter e isso causa reações nas outras pessoas também. A troca de olhares e de sorrisos durou até o momento em que meu telefone fez um barulho dando um sinal de mensagem. Envergonhada, rapidamente peguei o celular para disfarçar que estava ficando corada. Li a mensagem da Laura e instantaneamente fiquei chateada.

- Parece que voltou a luz no meu trabalho. A minha colega acabou de me avisar.

- Sério? O meu chefe não falou nada. Vou perguntar para ele.

- Sim, a Laura disse que eu já preciso voltar.

- Que pena, achei que a gente teria mais tempo. Ele já está me respondendo aqui, vou ver o que está acontecendo.

- Eu nunca fiquei tanto tempo fora do trabalho no meio da tarde, então já estou me sentindo no lucro.

- Que estranho, o meu chefe disse que a região toda ainda está sem luz.

- Como assim? Será que ela está me pressionando para voltar porque alguém reclamou da minha ausência? Vou descobrir.

Mandei mensagem para a Laura e ela teve que me contar que eles tinham preparado uma festa surpresa de aniversário para mim. Ela mentiu que a luz voltou porque queria garantir que eu fosse voltar para lá. Se eles deixassem para o outro dia, a preparação iria toda por água abaixo. Eu fiquei feliz com o esforço deles, mas sabia que ficaria envergonhada ao mesmo tempo. Não gosto de ser o centro das atenções e não queria finalizar o meu dia com o Eric. Contei para ele sobre o plano da Laura e falei que queria arrumar uma forma de não ir, pois estava com muita vergonha. Ele ficou todo animado com a ideia dos meus colegas, afinal a sua meta do dia era me fazer comemorar meu aniversário. Não sei que fixação ele tem com aniversários. O problema era que enquanto eu estava comemorando apenas com ele eu estava gostando, mas no escritório iria envolver mais gente. Pensei em mil desculpas que poderia dar para a Laura.

- Vou falar que estou com um amigo e não posso ir.

- Você tem que ir, para de besteira, Sara.

- E que eu não o vejo a muito tempo.

- E se você levar seu amigo junto?

- Como vou levar um amigo imaginário?

- Eu sou seu amigo, não sou?

- Meu amigo que conheci hoje.

- Não é verdade. Sou o Romeu, nós nos conhecemos a quase um ano atrás.

- Você está querendo ir para a festinha no meu trabalho?

- Eu amo festas de aniversário.

- Você é estranho. Quer que eu finja que somos amigos há muito tempo só para você me ver passar vergonha?

- Quero ir para comer bolo.

- Mais bolo?

- Sempre quero mais bolo.

Ele sorriu e mais uma vez eu me derreti. Seu olhar preencheu o meu coração de alegria. Claro que não consegui dizer não. Era impossível dizer não para aquele sorriso. Lá fomos nós. Durante o caminho ele bolou um roteiro de filme em que seu nome era Romeu e nós éramos amigos desde o dia em que nos esbarramos na farmácia pela primeira vez. Ele parecia estar se divertindo com a trama. Eu nunca gostei de expor a minha vida pessoal no trabalho, mas como era tudo mentira mesmo, acho que não seria tão ruim. Afinal, eu também amo inventar histórias. Era a primeira vez que eu agia desse jeito, estava sendo até emocionante. Esse dia de novas experiências e emoções era a melhor surpresa que eu poderia querer. Também percebi que se eu não deixasse que ele fosse ao meu trabalho, o nosso dia juntos iria acabar, então criei coragem para fazer o teatro que ele queria na frente dos meus colegas.

Como não havia luz no prédio, subimos as escadas. Eu subi bem devagar, como se eu estivesse tentando esticar cada segundo para que o tempo não passasse. Fui explicando para ele como funcionava a empresa, o que eu fazia e como eram meus colegas. Quando entramos na sala a Laura me viu e gritou surpresa. A minha sorte é que restavam poucas pessoas, somente os que realmente eram mais próximos de mim. A falta de luz ajudou nisso, pois muitos aproveitaram para ir embora para casa mais cedo. O Eric, ou melhor, o Romeu, começou a se apresentar amigavelmente, seguindo o nosso roteiro. Eu me diverti vendo-o atuar. Não demorou muito para a Laura, minha cúmplice do dia, começar sua especulação.

- Você achou que ia escapar né? Não falou nada sobre seu aniversário e fugiu. Disse que ia almoçar com uma amiga.

- Você me conhece. Eu sou tímida.

- E essa amiga no fim era um amigo?

- Falei amiga?

- Sim. Não falou amigo super gato.

- Pode tirar seu cavalo da chuva.

- Ele tem namorada?

- Não sei, mas você tem namorado.

Nós rimos e eu fiquei um tempo olhando para o Eric todo contente com um prato de bolo na mão. Ele conversou animadamente com um colega meu que insistiu que livros são melhores que filmes. Essa conversa rendeu. Fiquei impressionada ao ver como ele conseguiu se infiltrar facilmente no ambiente, como se ele trabalhasse ali também. Eu nunca tive essa capacidade, ainda me sentia uma estranha ali, mas não com ele lá. Por estar com ele, eu estava mais confortável. A conversa estava tão animada que alguns colegas começaram a falar de happy hour. Eu pensei "happy hour em uma terça-feira?". Olhei para Eric e parece que ele leu a minha mente. Ele chegou perto de mim já me deixando sem opção de fuga.

- Mais uma vez eu te digo, não é uma terça-feira qualquer, é seu aniversário.

- Você realmente acha que o meu aniversário muda o fato de a gente ter que acordar cedo para trabalhar amanhã?

- E você precisa dormir? Eu não preciso.

- Você é super-humano? Eu não acordo com essa carinha plena se eu dormir menos de 6h.

- Duvido, eu só acredito vendo.

Vendo a minha cara ao acordar? Depois de dormir comigo? A minha imaginação foi longe demais. Acho que essa história de fazer roteiros e interpretar papéis estava começando a me confundir. Me dei uma sacudida e pensei "acorda, Sara, ele é o Romeu, faz galanteios sem nem perceber".

O Eric foi na onda dos meus colegas e quando eu me dei conta já estávamos em uma mesa de bar. Esse dia realmente pareceu não ter fim, o que foi muita sorte minha. Só queria mais um segundo com ele e consegui. Mais um segundo nesse dia surreal. Não queria acordar no outro dia e perceber que era só minha imaginação. Era como se eu estivesse torcendo para não me separar dele e ele estivesse mais uma vez lendo a minha mente ao providenciar isso. Por isso eu acabei indo ao meu primeiro happy hour. O Eric não acreditou que eu nunca tivesse aceitado sair à noite com o pessoal do trabalho antes.

- Quando eles te convidavam você se recusava?

- Sim. Eu sou muito boa em dizer não para eventos sociais. Menos quando envolve você, aparentemente.

- Acho que encontrei meu superpoder.

- Até parece que você não sabe como é difícil dizer não para você.

- Não, pelo jeito esse meu poder só funciona com você.

Na verdade, eu sabia que ele tinha essa facilidade com todos. Era só observar ele interagindo com as outras pessoas para perceber como ele é magnético. Ele poderia ser amigo de quem ele quisesse. Por que ele me escolheu? Por que ele parecia estar fazendo de tudo para tornar meu aniversário especial? O que ele viu em mim? Eu sou tão eu e ele é tão ele. Por mais que essas dúvidas estivessem na minha cabeça eu estava parecendo diverti-lo com a nossa conversa. Talvez com ele eu conseguisse ser agradável, menos tímida e fechada. Mesmo estando em um bar com mais pessoas, inclusive com algumas mulheres claramente interessadas nele, ele se manteve ao meu lado conversando comigo, como se não houvesse mais ninguém ali.

Nossos assuntos pareciam não se esgotar e nosso encontro casual já durava horas. Falamos sobre nossa infância, nossos pais, nossos hobbies e nossos planos para o futuro. Eu vi no relógio do celular que já estava ficando tarde e percebi que as pessoas começaram a ir embora. Acho que as horas estavam passando, apesar dos meus esforços. O dia iria acabar. Comecei a ficar ansiosa e triste com a nossa inevitável despedida. Passamos mais um tempo conversando sobre coisas triviais, rindo ao cantar a abertura do nosso desenho favorito de infância, achando graça dos bêbados das outras mesas e inventando histórias sobre os desconhecidos que passavam na rua. Nunca pensei que iria me divertir tanto em um bar. Esse provavelmente foi o melhor aniversário que tive desde os meus 8 anos quando o meu pai trouxe um pônei para a minha festa. Talvez o Eric até supere isso. Só espero que amanhã ele não desapareça como aconteceu com o meu pequeno pônei. Pensar nisso trouxe de volta a maldita ansiedade. Depois que só estávamos nós dois na mesa, tivemos que conversar sobre ir embora.

- Song, é o fim, acho que temos que ir, só estamos nós dois aqui.

- Nossa, ficou tarde. Você me chamou de Song? Acho que já está bom de bebida para você.

- É um bom apelido, não? Meu melhor amigo me chama de Ventura, acho que veio daí. Eu nem estou bêbada, só estou um pouco alegre. Que song você mais gosta? Não é engraçado?

- Vindo de você eu prefiro um apelido mais carinhoso.

- Oi? Não ouvi o que você disse. Estou tentando chamar um motorista pelo aplicativo.

- Não foi nada. Vamos dividir um carro? O meu ficou no trabalho. Pelo que você me disse mais cedo nós moramos relativamente perto um do outro.

- Você está achando que estou tão bêbada que preciso de escolta? Não precisa se preocupar, estou bem.

- Claro, você está bem, só está alegre, não é? Vamos juntos, assim podemos repensar esse apelido que você me deu no caminho.

Mais uma vez eu não consegui convencê-lo de que não precisava se dar ao trabalho de me acompanhar. Na verdade, eu nem tentei muito porque no fundo eu queria mais tempo. Só mais alguns minutinhos perto dele. Assim, o dia que parecia ter acabado ganhou mais um tempo extra. Parecia mágica, eu não sabia explicar, mas toda vez que eu pensava que gostaria de continuar conversando com ele só mais um pouco, eu acabava conseguindo ter o meu desejo realizado.

A gente foi conversando no caminho sobre apelidos estranhos de nossos conhecidos. Estávamos os dois no banco de trás do carro, que era convenientemente pequeno, então eu conseguia senti-lo bem perto de mim. O motorista aparentemente viu que estávamos sem pressa de ir para casa, pois estava dirigindo muito devagar. Além disso, ele era um péssimo condutor. Caiu em todos os buracos da pista e fez manobras bruscas o tempo todo, levando o meu corpo a se mover sem controle. Eu não conseguia me segurar e acabava me movendo cada vez mais para perto do Eric. Primeiro, os nossos braços se encostaram, depois as mãos, depois as nossas pernas. O choque entre nossos corpos produzia faíscas, ou pelo menos a sensação parecia ser essa para mim. Será que ele também conseguia sentir? Na última vez que o motorista caiu em um buraco, o Eric passou seu braço por cima do meu ombro, me segurando firme perto dele. Eu não conseguia nem acreditar. Achei melhor não falar nada e praticamente segurei a minha respiração de tão ansiosa.

Ficamos parados, quietos, ouvindo uma música do Ed Sheeran que tocava no rádio. Logo a música que eu acho mais romântica. Permanecemos assim até o motorista perguntar se estávamos no prédio certo. Levei até um susto, acho que estava perdida em pensamentos naquele momento. Descemos do carro e ele quis me levar até a porta do prédio. Acho que ele também não queria que o dia acabasse. Depois ele pediu para subir comigo apenas para me ver entrando em segurança no meu apartamento, segundo ele. Entramos juntos no elevador e percebi uma tensão no ar. Sorrimos um para o outro timidamente e comentei como estava calor ali. Acho que nunca tinha notado que dentro daquele elevador era tão quente. Quando entendi que a presença dele deveria ser o motivo do meu superaquecimento, senti um frio na barriga de nervosismo. Pela primeira vez na minha vida eu estava cogitando convidar um pretendente a entrar na minha casa no primeiro encontro. O problema é que eu nem tinha certeza se estava mesmo em um encontro. Andamos devagar pelo corredor, chegamos em frente da minha porta e eu resolvi criar coragem para dar o primeiro passo. Mostrei o meu celular e fiz a pergunta vergonhosa que fez eu me sentir uma adolescente novamente.

- Eric, posso te adicionar? Para que a gente possa manter o contato.

- Claro que sim. Na verdade, eu já te dei o meu número. Eu coloquei um papel com o meu telefone no bolso de fora da sua bolsa.

- Sério? Quando?

- No café, quando eu ainda não tinha te obrigado a me levar na festinha do seu trabalho.

- Não acredito.

- Depois eu fiquei com medo de você não ver o papel ou de deixar cair em algum lugar. Resolvi pedir o seu número para um colega seu logo que eu cheguei no seu trabalho. Ele estranhou o fato de eu ser seu amigo e não ter o seu celular, mesmo assim me passou.

- Sério? Você não existe. Por acaso não pensou em me perguntar o número? Achou melhor esperar eu pedir o seu primeiro, só para ser engraçado e me envergonhar?

- Não, jamais faria isso. É que não achei um bom momento para te perguntar. Acredite ou não, eu também sou tímido.

- Estou brincando. Até achei fofo.

- Também achei bonitinho ver você me pedindo para te adicionar. Valeu a pena ter feito tudo escondido no fim das contas.

- Eu tive que pedir. Afinal, você não está dando em cima de mim, lembra?

- Eu falei isso? Não me considero um homem mentiroso, mas hoje usei a minha cota de mentiras do ano inteiro.

- Fiquei com medo de você estar querendo brincar de roteiro de filme mais uma vez, deixando que o destino decidisse se o nosso encontro aconteceria novamente. Isso só funciona na ficção.

- Eu acho que o destino já fez a sua parte e teve uma participação ilustre nesse roteiro. Agora é a minha vez de tomar uma atitude.

Nesse momento a terra pareceu ter parado de girar. Consegui ver ele se aproximando de mim como se fosse em câmera lenta. Pensei em todos os livros que descreviam a cena dessa maneira. Eu sempre achava que era tudo um exagero romântico. Naquele momento eu estava vendo com os meus próprios olhos que era possível observar o tempo desacelerando. Eu captei claramente a sua intenção, vi o seu rosto se aproximando, ouvi a sua respiração mudando e senti o seu perfume maravilhoso. Ele estendeu as mãos para me segurar, me puxou delicadamente para perto dele, começou a fechar os olhos lentamente e finalmente deixou os seus lábios se encostarem nos meus. Eu mal podia acreditar que ele estava me beijando. Seu beijo era gentil, mas firme ao mesmo tempo. Delicado, porém intenso e demorado o suficiente para me deixar tonta. Senti um arrepio na espinha, como se estivesse com frio, mas onde ele me tocava estava ardendo de calor. Enquanto nos beijávamos eu pude sentir o canto dos seus lábios se levantando suavemente para cima, como se ele estivesse sorrindo. Logo depois ele me apertou ainda mais e tornou o beijo mais intenso. Minha cabeça começou a girar. O calor emanando dos nossos corpos ficou quase impossível de suportar. Para finalizar esse momento mágico, ele depositou leves e doces beijos rápidos nos meus lábios. Ele se afastou e sorriu, depois me deu um abraço carinhoso, como se soubesse que eu ainda precisava de um tempo para me recompor. Era o primeiro beijo perfeito, não tinha como ser melhor. Eu fiquei completamente imersa naquelas sensações. Fazia muito tempo que eu não beijava, mas eu sabia que nunca tinha sido beijada daquela forma antes. Fechei os olhos novamente e descontroladamente a minha boca emitiu um suave ruído de prazer. Ele riu com a minha reação.

- Você está assim tão surpresa ou você cochilou?

- Acho que dormi por um segundo.

- Foi muito entediante?

- Estou brincando. Foi perfeito. Eu acho que fechei os olhos porque não queria que esse momento acabasse. Na verdade, não queria que esse dia tivesse fim.

- Eu também. Por isso fiz de tudo para continuar do seu lado. Se eu pudesse, não deixaria o dia acabar.

- Você quer entrar e beber alguma...

Nesse momento tão crítico eu fui interrompida pelo barulho da porta do meu apartamento sendo aberta inesperadamente. Levei o maior susto da minha vida quando vi o meu melhor amigo, Leonardo, abrindo a porta. Principalmente porque eu não o via pessoalmente já havia um bom tempo.

- Leo? Que susto! O que você está fazendo aqui?

- Ventura, minha linda aniversariante, bem-vinda ao seu lar.

Ele me puxou e me abraçou forte, sem nem me deixar respirar. Eu nem consegui retribuir o abraço direito de tão abismada que eu fiquei. Olhei sem graça para o Eric que ficou parado na porta vendo aquela cena e me apressei para tentar entender a situação.

- Leonardo, como você entrou na minha casa?

- A sua mãe me deu a chave. Eu passei lá antes de vir para cá. Queria te fazer uma surpresa de aniversário. Só que a senhorita chegou a essa hora da noite. Eu já estava quase dormindo na sua cama.

- A minha chave? Na minha cama? Quem te deu direito?

Eu fiquei tão irritada com o Leo que nem conseguia falar direito. Por um segundo esqueci do Eric parado ali. Ele perguntou se éramos parentes e eu rapidamente respondi que ele era meu amigo de infância, aquele que me chama de Ventura. Ele assentiu como se tivesse se lembrado da nossa conversa. Ressaltei que nossos pais são tão amigos que somos quase uma família. Não sei por que o Leo fez questão de enfatizar que somos melhores amigos e não irmãos. Só sei que a situação toda foi constrangedora.

O Eric falou que estava tarde e tinha que ir, mas o Leonardo quis saber como a gente tinha se conhecido e só de pirraça o chamou para entrar. Seu convite foi para comer um pedaço de bolo. O terceiro pedaço de bolo do dia. Não era possível que o Eric iria aceitar, certo? Errado. Ele me olhou com uma cara feliz como quem diz "oba, bolo". Fiquei sem acreditar, mas pensei que ele devia gostar muito de bolo mesmo. Em cima da mesa estava um lindo bolo pequeno, cor de rosa, com uma vela bem grande anunciando para os quatro ventos que eu estava completando 26 anos. Apesar da vergonha que o Leo me fez passar, o Eric acabou comentando que é um ano mais velho do que eu e eu fiquei feliz de ter recebido essa informação sem precisar ter perguntado.

Quando percebi, já estávamos os três sentados no sofá. Cada um segurava um prato de bolo. Eu não aguentei mais do que uma garfada. Estava tonta da bebida ou talvez do beijo. O Leo quis saber como a gente tinha se conhecido e o Eric disse que contaria, já que estava curioso sobre a sua reação. Eu pulei na frente e contei tudo sem muitos detalhes, para evitar as perguntas do Leonardo, só que não adiantou nada, já que ele fez um interrogatório completo mesmo assim. O Eric só ria e comia sua fatia de bolo lentamente. Acho que ele não aguentava mais, mas estava sendo educado. O Leo não conseguia acreditar na história e parecia estar tentando entender como a sua amiga tímida ficou o dia do aniversário todo passeando pela cidade com um desconhecido. Por que ele estava sendo tão irritante? Senti pena do Eric. Eu só o deixei entrar porque queria aproveitar para tentar esclarecer a situação do Leonardo, tentar mostrar que realmente só éramos bons amigos. Foi quando me lembrei que o Leo era professor de uma faculdade que fica perto de onde nascemos, então o que ele estava fazendo na minha casa no meio da semana? Eu precisava descobrir.

- Leo, você veio só por causa do meu aniversário?

- Bem que você queria ser tão especial, né? Eu tenho uma entrevista de emprego essa semana. Aproveitei que era seu aniversário para vir alguns dias antes.

- E o seu trabalho?

- Tirei folga, bobinha. Tenho um substituto.

- Essa entrevista deve ser importante.

- Sim, você sabe o quanto eu quero morar aqui com você.

- Corrigindo, aqui na cidade e não aqui comigo, né Leonardo?

- Sério? Gosto tanto do seu apartamento. Vamos fazer um teste de convivência essa semana e ver se a gente consegue morar juntos.

- Você vai ficar aqui essa semana? Quem te convidou?

- A tia ofereceu.

- Essa não é a casa dela.

Percebi que a situação só estava se agravando. Ao invés de esclarecer tudo, eu fiquei parecendo uma velha esposa brigando com o marido irritante. O pior foi que o Eric ficou sabendo que o Leonardo iria dormir na minha casa durante os próximos dias. O clima ficou ainda mais estranho. Não sei por que, mas eu fiquei com a impressão de que o Leo estava tentando fazer ciúmes no meu príncipe encantado. Desconfortável com a conversa, o Eric parece ter caído na armadilha do meu amigo bobo da corte, pois logo se levantou para ir embora.

- Sara, eu acho que já vou, está tarde. Leonardo, foi um prazer te conhecer.

- O prazer foi meu. Obrigado por ter passado o aniversário da Ventura com ela. Eu infelizmente cheguei tarde. Na próxima vez vou me certificar de ser o mais rápido.

- O aniversário foi dela, mas o presente foi meu.

Acho que o Leonardo estava bancando o irmão mais velho, me fazendo morrer de vergonha. Puxei logo o Eric para levá-lo até a rua. Como estava tarde eu insisti que ele não fosse a pé. Enquanto esperávamos o carro chegar eu tentei me explicar.

- Eric, me desculpe, eu não sabia que ele vinha. Muito menos que ele ia ficar brincando de irmão superprotetor. Somos amigos desde pequenos e ele gosta de fazer essas gracinhas.

- Você não precisa se explicar, Sara. Deu para perceber que ele gosta muito de você e que são velhos amigos. Eu que tive o azar de te conhecer mais tarde.

- Desculpa se ele estragou nosso dia. Eu vou expulsar esse folgado o mais rápido possível.

- Impossível ele ter estragado o nosso dia. Foi perfeito.

- Você é maravilhoso.

- O carro chegou rápido, logo hoje. Eu te envio uma mensagem amanhã para saber como você está, pode ser?

- Claro. Obrigada por tudo. Boa noite.

- Boa noite, linda aniversariante.

Quando ele estava chegando perto para o que parecia ser outro beijo, o meu telefone tocou e atrapalhou tudo. Quem é a criatura que liga a essa hora? E por que o meu telefone não estava no modo silencioso? Fiquei mais brava ainda quando eu vi que era o Leo ligando. Parece até que ele sabia que ia estragar o momento. Foi quando olhei para cima e lá estava ele na minha janela sacudindo o telefone. É, ele sabia e fez de propósito. O Eric riu e me deu um doce beijo na bochecha. Claro que essa também foi uma boa forma de nos despedirmos. Apesar de que o momento perfeito para o adeus teria sido logo depois daquele beijo maravilhoso. Se não fosse o Leonardo ter atrapalhado tudo, o dia teria sido mágico do começo ao fim.

Enquanto via o meu melhor presente de aniversário entrar no carro e me dar tchau com aquele lindo sorriso, a minha cabeça começou a fervilhar com pensamentos estranhos. Ele deve ter algum defeito, não é possível que ele seja tão perfeito. Por que ele se interessou logo por mim? Aposto que amanhã ele não vai mandar mensagem. Deve ter sido uma aventura de um dia. Depois do que o Leonardo aprontou ele não vai mesmo mandar mensagem. Com esses devaneios na cabeça eu subi para discutir com o Leo por ter estragado a minha despedida perfeita.

Andando até o meu apartamento eu percebi finalmente que estava exausta. Até desisti da briga de tão cansada. Arrumei logo o quarto de visitas para ele dormir, sem dar muita conversa, até porque a bebida ainda estava fazendo efeito. Depois de tomar um bom banho, relembrando cada detalhe daquele dia maravilhoso, me olhei no espelho do banheiro e vi o tamanho do sorriso que estava estampado em meu rosto. Deslumbrada, fui dormir, encerrando finalmente o dia do meu aniversário. Uma data que não era para ter sido comemorada, mas que no final teve três fatias de bolo e um beijo mais doce que todas elas.

CAPÍTULO 4 - COMO NÃO ESTRAGAR TUDO

Acordei no dia seguinte super atrasada e ainda cansada. O Leo fez o café da manhã, mas tive que comer correndo. Por um lado, foi até melhor, pois ele estava fazendo milhões de perguntas sobre o dia anterior. Mesmo eu tendo ficado brava com ele por causa do seu comportamento com o Eric, fiquei feliz de tê-lo por perto. Sentia falta do meu melhor amigo e estava agradecida por ele ter vindo me fazer uma surpresa. Não era justo brigar com ele, afinal ele não sabia que eu estaria acompanhada. Aliás, nem eu, nos meus sonhos mais românticos, poderia ter previsto aquele encontro. O Leo não costumava me visitar com frequência, então combinamos de passear no fim do dia. Eu fui trabalhar, como todos os dias, mas a novidade era a vontade imensa de olhar para o meu celular de dois em dois segundos. Estava ansiosamente aguardando uma mensagem do Eric. Tudo o que aconteceu no dia do meu aniversário parecia um sonho e eu queria confirmar se tinha sido realmente verdade.

No trabalho todos comentaram como gostaram do meu amigo Romeu. Eu tinha até esquecido dessa nossa encenação. Se a gente começasse a namorar, não sei como iria explicar a súbita mudança de nome. Namorar? Eu estava com certeza me antecipando pensando em compromisso. Maldita ansiedade e maldito celular que não tocava. Eu resolvi começar a trabalhar e finalmente consegui esquecer um pouco do celular, até que ele fez um barulho e eu dei um pulo na cadeira. Chegou uma mensagem do Eric e eu quase não acreditei.

> - Bom dia, Sara. Tudo bem? Caso não tenha anotado o meu número ainda, sou eu, o Eric, de ontem.

O Eric, de ontem. Como se eu não estivesse esperando pela mensagem dele desde o primeiro segundo que eu acordei. Como se pudesse existir outro Eric no mundo pelo qual eu fosse me interessar. Eu respirei fundo e respondi tentando não parecer ansiosa demais.

> - Oi Eric! Tudo bem e você? Claro que eu já tinha anotado o seu número. Olhei o papelzinho que estava na minha bolsa.

> - Você achou o papel? Que bom. Espero que tenha dormido bem, mesmo que pouco.

> - Dormi muito bem e você?

> - Também, apesar de ter demorado um pouco para conseguir dormir.

> - Acho que você comeu muito açúcar nas várias fatias de bolo de aniversário ontem.

> - Os bolos não eram tão doces quanto você. A minha insônia foi de tanto pensar sobre o nosso beijo e planejar o nosso próximo encontro.

Ele era tão direto. Eu mal podia acreditar que isso era real. Meu coração batia rápido e era impossível segurar o meu sorriso olhando para a tela do celular. A Laura até perguntou se o meu sorriso bobo era alguma síndrome de Julieta apaixonada. Por que logo Julieta? Na hora eu me lembrei da Julieta de cabelos azuis. Isso me fez ficar chateada por alguns segundos, mas logo o Eric conseguiu me puxar de volta.

> - Sara, você está ocupada? Ou eu te assustei com a minha mensagem brega?

- Não, só demorei porque a minha colega me perguntou algo. Você não foi brega, foi apenas extremamente fofo.

- Fofo? Estou te atrapalhando no trabalho, isso sim. Aliás, tenho que tentar trabalhar também. Infelizmente nós não podemos ir à farmácia todos os dias.

- Atrapalhando nada. Bem que eu queria ir. Eu estou com dificuldade de me concentrar. Acho que pode ser porque estou sem as minhas vitaminas ou será que é de tanto pensar no que aconteceu ontem?

- Acho que é a falta de vitaminas. Depois de tudo, nós não as compramos. Vamos ter que resolver isso logo. Quando podemos ir?

- É, você está me devendo uma ida à farmácia. Pena que hoje eu não posso, mas amanhã estarei livre na hora do almoço e no final do dia. O que fica melhor para você?

- No almoço eu tenho uma reunião, infelizmente. Eu te pego no trabalho no fim do expediente, pode ser?

- Claro, Eric

- Ótimo. Bom trabalho. A gente conversa depois para marcar melhor.

- Tudo bem. Bom trabalho para você também.

Ele finalizou mandando uma figurinha de piscadinha. Eu fiquei aflita pensando sobre como eu deveria responder. Nunca fiquei tanto tempo analisando a lista de carinhas fofas. Resolvi ser corajosa e mandei um beijo. Quando vi que o Eric estava digitando o meu coração acelerou. O tempo parecia se arrastar. Finalmente ele enviou a mensagem e eu quase me derreti quando vi que ele tinha mandado três beijos. Ele sempre conseguia me superar. Era tão bom conversar com ele, apesar da ansiedade de estar começando um novo relacionamento, parecia que a gente já se conhecia há muito tempo. Ele não fazia joguinhos emocionais como os outros homens. Era sincero e fazia eu me sentir muito bem. Era tão inédito eu me sentir assim. Tive vontade de desmarcar o meu compromisso com o Leo naquela noite, mas sabia que precisava valorizar os esforços do meu amigo e dar atenção a ele. Fora que eu precisava ir com calma com o Eric, afinal já tive meu coração partido algumas vezes, mas a impressão que eu tinha era que nunca havia me sentido assim antes.

No final da tarde, o Leo me mandou uma mensagem dizendo que estava me esperando na recepção. Não sei por que esse drama todo, até parece que eu ia fugir. Se bem que eu pensei em fugir, mas ele não tinha como saber disso. Fomos a um show de uma banda não muito conhecida. Desde pequenos adorávamos descobrir novas bandas, decorar juntos a melhor música e cantá-la na frente dos outros, assim só a gente saberia a letra e as outras pessoas se sentiriam totalmente por fora. Era como se a gente tivesse exclusividade sobre aquela música, como se fosse um segredo só nosso. Quando a gente morava no interior, em uma cidade com poucos habitantes, isso funcionava muito bem. Mesmo não tendo muitos shows por lá, a gente sempre dava um jeito de descobrir novas bandas. Foi muito bom relembrar esse nosso passatempo.

A casa estava cheia e fazia tempo que eu não encarava uma aglomeração. Eu estava fugindo de multidões desde o ano passado, evitando principalmente lugares com muitos homens. Só topei porque estava com o Leo. Ao seu lado eu me sentia mais segura, afinal ele era grande o suficiente para me proteger. Quando alguém chegava perto de mim, ele rapidamente bloqueava. Depois de um tempo fazendo isso ele acabou ficando parado atrás de mim e de vez em quando me abraçava para fingir que era meu namorado, assim nenhum homem teria coragem de chegar perto de mim. A gente pulou, cantou, gritou, bebeu, riu e se divertiu muito. Ao final do show dei um abraço nele e o agradeci por ele ter me protegido.

- Leo, obrigada por me forçar a vir ao show, eu amei. Você sabe que eu odeio multidões. Você fez um ótimo trabalho bloqueando os empurrões e os puxões.

- Eu te protejo desde que éramos pequenos, estou acostumado. Também curti muito o show. Obrigado por ter vindo comigo.

- Você viu a cara daquele garoto quando você me abraçou? Não sei se ele estava interessado em mim ou em você, mas ele ficou frustrado, coitado.

- Eu nem precisava te abraçar para a gente parecer um casal, sempre pensam isso da gente, né?

- Sim, mas foi a primeira vez que vi você fingindo de verdade. Até que você daria um bom namorado. É muito protetor.

- Sério? Vou gravar essa fala, viu? Não se esqueça disso mais tarde.

Não entendi muito bem o que ele quis dizer, mas resolvi ignorar. Após o show a gente passou em uma hamburgueria para comer alguma coisa. Como sempre, fizemos competição de quem conseguia empilhar mais batatas fritas de uma só vez, sem deixar tudo cair. Para variar, eu perdi, mas foi muito divertido sair com ele. Me lembrei dos velhos tempos. Não era à toa que éramos melhores amigos. Apesar da distância ele me entende como ninguém e a gente tem uma sintonia que não exige muita conversa. Fomos para casa juntos, pois eu não tinha conseguido expulsá-lo de lá. Quando eu estava entrando no meu quarto para dormir ele falou com uma cara séria que tinha algo para me contar depois da entrevista de trabalho dele.

- Ventura, você precisa torcer para que dê tudo certo na entrevista amanhã. Eu quero estar feliz para te encontrar e te contar uma coisa muito importante.

- Claro que vou torcer. Vai dar tudo certo, com certeza. Você é ótimo. Mas por que esperar? Por que você não conta logo?
- Porque primeiro preciso saber quais são as minhas chances de definitivamente me mudar para cá.
- Você é estranho quando está bêbado, todo misterioso.
- Você é mais estranha. Boa noite, pequena Sara.
- Boa noite, grande Leo.

Estranhei ele ter me chamado de Sara e não de Ventura. Acho que estávamos bêbados demais. Ele me deu um beijo na testa, como sempre fazia, mas estava com um olhar sedutor. Fez um movimento como se estivesse desviando da minha boca logo antes de encostar seus lábios quentes na minha testa. Por um segundo eu até achei que ele ia me beijar na boca. Imaginei essa cena e ri. Acho que a gente iria brincar com isso para sempre. Percebi que eu até consegui me esquecer do Eric por alguns minutos e do encontro que marquei com ele no dia seguinte. Claro que isso durou pouco, pois antes de dormir eu já estava com insônia pensando nele. Tive vontade de mandar uma mensagem perguntando como tinha sido o dia dele, mas me segurei para não parecer grudenta demais. Me esforcei para pegar no sono quando lembrei que não podia estar com olheiras no nosso primeiro encontro oficial.

Acordei cedo para me arrumar mais do que o normal para um dia de trabalho, sabendo que mais tarde iria me encontrar com o Eric. Escolhi uma camisa branca e uma saia midi. Coloquei na bolsa algumas opções de maquiagem, colares e brincos para tentar incrementar o visual na hora do encontro. Eu não era muito boa nisso, mas estava empenhada em ser uma nova Sara. Quando sai do quarto vi que o Leo já estava com o café da manhã pronto novamente. Acho que não era tão ruim assim morar com ele. Dei um abraço de bom dia nele e senti o seu perfume familiar misturado com um cheirinho de café. Sentamos para comer e logo o Eric mandou uma mensagem me desejando um bom dia de trabalho com uma figurinha engraçada. Abri um sorriso tão grande que chamou a atenção do Leo.

- Estou de ressaca e você está toda sorridente. O que você viu nesse celular que te deixou tão feliz?

- É só uma mensagem.

- Mensagem de quem? Da sua mãe que não é, porque ela não acorda cedo assim.

- Por que isso te interessa?

- Tudo em você me interessa.

- Para de gracinha.

- É aquele tal de Eric?

- Sim, é ele, está satisfeito?

- Na verdade, não.

- Nossa, já está tarde, vou me atrasar. Boa sorte na sua entrevista Leo, estou torcendo muito.

- Obrigado. Não se esqueça de mim. Nós temos que conversar mais tarde.

- Conversar? Claro, eu quero saber tudo.

Não dava para levar a sério quase nada que o Leonardo falava. Dei um beijo de boa sorte na sua bochecha e corri porque odeio chegar atrasada no trabalho. Acho que acabei correndo demais, porque não me atrasei nem um minuto. Mesmo chegando no horário, não estava conseguindo ser produtiva. A minha cabeça não conseguia focar no trabalho. Só pensava que mais tarde eu iria sair com o Eric. Seria a vida real, sem a magia da caça às farmácias ou do aniversário. Será que eu conseguiria não estragar tudo? Será que eu sabia como fazer isso?

Além de ter problemas com filas, eu sempre tive azar ao escolher namorados. Tive apenas dois relacionamentos sérios. O primeiro foi o Patrick, ele era meu colega de faculdade. Nosso namoro durou cerca de dois anos, mas ele acabou se transferindo para o exterior. Ele terminou comigo antes que a distância, segundo ele, estragasse tudo, inclusive as boas memórias. Eu chorei por dias, mas consegui me consolar pensando que ele tinha terminado tudo em consideração ao nosso amor. Logo depois eu soube que ele estava frequentando várias festas, então descobri que na verdade o motivo era outro. Ele queria liberdade para ficar com quem ele quisesse. No começo fiquei arrasada com essa notícia. Depois eu percebi que um relacionamento rompido era melhor do que ser traída a toda hora. Isso com certeza seria pior.

Com o Alex, o meu outro relacionamento, tive a experiência que culminou no pior dia da minha vida, coincidentemente o dia em que vi Eric pela primeira vez. Não sei nem se posso chamar aquilo de relacionamento. De qualquer forma, durou apenas cinco meses. Foi tão ruim que tive que fazer terapia depois. Apesar de gostar bastante, acabei abandonando a minha psicóloga por falta de tempo e por achar que já estava bem. Só que no fundo eu sabia que ainda precisava superar as experiências ruins para tentar não estragar as minhas chances com o Eric. Logo depois do almoço recebi uma mensagem dele combinando de me buscar no trabalho. Perguntei aonde a gente ia e ele disse que era surpresa.

Fiquei ansiosa e o tempo parecia não passar. Eu estava suando frio. Fui ao banheiro tentar me arrumar um pouco antes de sair. Não conseguia me achar bonita o suficiente para estar ao lado dele, mas pelo menos o meu cabelo tinha que estar penteado. Coloquei o colar mais simples que tinha levado e fiz uma maquiagem leve, mantendo um visual mais básico, afinal eu não conseguiria ser uma pessoa tão diferente de uma hora para outra. Ao sair na rua me deparei com o Eric sentado em um banco segurando uma rosa vermelha na mão. Quando ele me viu, abriu um sorriso tão encantador que me fez derreter e estranhamente me deixou completamente tranquila. Eu fiquei tão feliz que o meu nervosismo até deu uma trégua. Ele me alcançou a rosa e começou a falar timidamente.

- Uma flor para outra flor.

- Obrigada. Que rosa linda.

- Nossa, esquece que eu falei isso. Na minha cabeça essa frase parecia melhor.

- Foi uma ótima frase e eu amei a surpresa.

- Eu ia comprar um buquê, mas pensei que seria incômodo para você carregar isso o tempo todo.

- Bem pensado. Achei perfeito assim, Eric.

- Que bom que gostou. Vamos?

- Vamos aonde? Posso ir assim como estou?

- Você está perfeita. Se importa de andar um pouco ou prefere pegar um táxi?

- Não me importo de andar. Você se lembra que eu sempre uso sapatos confortáveis, não é? Vamos lá.

Eu quase acreditei nas palavras dele e me senti perfeita realmente. Estávamos andando lado a lado bem devagar. A melhor parte de irmos a pé era passar mais tempo com ele. Ele perguntou sobre meu dia e eu sobre o dele. Quando achei que eu estava indo bem, tropecei em uma pedra e quase cai. A Sara desastrada e imperfeita estava de volta. Ele me segurou pelo braço me ajudando a manter o equilíbrio. Quando consegui me reerguer novamente ele aproveitou que a sua mão estava em meu braço e se moveu rapidamente para pegar a minha mão. Foi tão sutil e natural. Ele sabia mesmo o que estava fazendo.

- Tudo bem, Sara? Acho que vou ter que segurar a sua mão para que você não tropece mais por aí.

- Estou bem. Eu tropeço a toda hora.

- Então vou ter que segurar a sua mão toda vez que estivermos juntos.

Eu sorri como uma boba que estava se apaixonando. Era impressionante o poder que ele tinha de me fazer flutuar. Me lembrei de quando eu lia romances e torcia emocionada para o casal trocar um olhar ou um simples aperto de mão. Com ele, eu me sentia a mocinha ingênua de uma história romântica. Só que eu sabia que não tinha o perfil para isso, por isso eu precisaria me esforçar. Nós andamos por mais algum tempo. Durante todo o caminho ele ficou segurando a minha mão.

Chegamos em um prédio antigo que parecia meio abandonado. Entramos por uma grande porta vermelha. Lá dentro havia um salão amplo com uma decoração antiga. Parecia a entrada de um cinema, mas estava repleta de estantes com livros. Pelo salão algumas poltronas confortáveis estavam espalhadas, era como se fosse uma biblioteca intimista. No canto havia uma espécie de quiosque que vendia pipoca e refrigerante. Fomos andando lentamente até a entrada de uma sala. No caminho fui admirando o ambiente e curtindo o cheiro de livros envelhecidos que eu amava. Entramos em uma antiga sala de projeção que parecia um cinema que a gente vê em filmes de época. Eu estava encantada com o lugar. Logo que nos sentamos eu fiz questão de saber todos os detalhes.

- Eric, que lugar incrível é esse?

- É um cinema que foi restaurado. Só passa filmes antigos e o dono também é apaixonado por livros, então ele fez uma biblioteca pequena na entrada.

- Esse lugar une as nossas duas paixões. É perfeito.

- Foi justamente o que eu pensei. Que bom que percebeu e gostou.

- Como eu nunca tinha ouvido falar daqui?

- Ele não faz muita divulgação. Apesar de ser dono do prédio, ele tem muitos gastos para fazer tudo funcionar, então não abre todos os dias. É um passatempo para ele.

- Entendi. Só que achei incrível e muita gente iria se apaixonar também, se não estivesse tão escondido.

- Pensei o mesmo de você quando te vi pela primeira vez.
- De mim? Eu estava escondida?
- Você estava tentando passar despercebida, mas não conseguiu.
- Droga, você descobriu o meu segredo.

A gente riu e percebi que continuávamos de mãos dadas. Uma parte de mim entendeu a insinuação dele sobre se apaixonar e outra parte não conseguia acreditar. Fiquei perdida em meus pensamentos enquanto ele foi comprar pipoca antes do filme começar. Quando ele largou a minha mão fiquei olhando para ela como se algo estivesse errado. Eu me senti incompleta. Foi fácil me acostumar com o seu toque quente e suave.

Olhei em volta e vi que não tinha mais ninguém lá. Parecia que ele tinha alugado o lugar todo só para nós. Esperei chegar mais alguém para ter certeza de que não era isso. Se ele tivesse feito isso eu iria morrer de vergonha. Por sorte, um casal de idosos entrou na sala. Eles me cumprimentaram educadamente e se sentaram mais à frente, perto da tela. Fiquei olhando para eles pensando se também chegaria naquela idade ainda curtindo encontros carinhosos com o meu marido. Foi quando eu percebi que já estava conseguindo pensar em casamento novamente, algo que parecia impossível há alguns meses. Depois do que passei eu não acreditava mais que era possível ser feliz em um relacionamento. Com tão pouco tempo de convivência, o Eric já tinha mudado o meu olhar em relação a isso. Mesmo que a gente não ficasse juntos, pelo menos eu já havia retomado a minha esperança no amor. Ele logo voltou com um pacote de pipoca, duas bebidas e o seu sorriso arrebatador. O filme começou em seguida. Era Casablanca, um clássico romântico. Ele olhou para mim e me mostrou que não era sua primeira vez vendo o filme.

- Estou pensando naquela parte do filme em que ele fala: "de todas as espeluncas do mundo, você tinha de vir aqui". Para a gente seria: "de todas as farmácias do mundo, você tinha de vir aqui".

- Você sabe as falas decoradas? Realmente é um romântico incorrigível.

- Não conte para ninguém.

- Esse segredo eu prefiro guardar comigo.

Ele era muito fofo. Durante o filme as nossas mãos se tocavam ao pegar a pipoca. Eu comi mais rápido do que de costume. Acho que estava nervosa pensando se ele realmente estava interessado em mim, mesmo não tendo motivos para duvidar, afinal ele estava deixando suas intenções bem claras. Por sorte o pacote de pipoca era pequeno e acabou rápido. Peguei dois lencinhos na minha bolsa e limpamos nossas mãos. Vi que tinha balas de menta esquecidas em um bolso e entreguei para ele. Ele sorriu e falou baixinho no meu ouvido "uma mulher preparada para tudo". O vento quente que saiu da boca dele fez o meu pescoço se arrepiar. Eu ri, envergonhada.

Ele pegou a minha mão novamente, parecendo que nunca mais ia soltar. Acho que eu estava tensa aguardando o seu toque. Em um certo momento do filme ele viu que eu tinha me emocionado com uma das falas, não sei nem dizer qual delas, porque esqueci de tudo quando ele se inclinou devagar para me beijar. Achei que o primeiro beijo tinha sido perfeito por ser a primeira vez, mas esse foi ainda mais especial. Não sei se foi o lugar, o filme ou o fato de parecer ser o início de uma longa sequência de beijos que trocaríamos no futuro. Na primeira vez que ele me beijou, eu não tinha certeza se iria acontecer novamente, mas depois daquele encontro fiquei com a sensação de que isso poderia se repetir. Ele começou a me beijar suavemente, até que eu não me segurei mais e acabei o segurando com mais intensidade. Eu senti o gosto de menta em seu hálito, deslizei os meus lábios para o seu pescoço, absorvi o seu cheiro inebriante e ele me puxou de volta para encostar os seus lábios nos meus.

O beijo longo e maravilhoso foi interrompido por uma repentina tosse do senhor sentado à frente. Será que ele tinha visto nossa cena e feito barulho de propósito? Eu morri de vergonha, mas me mantive feliz mesmo assim. A minha sorte é que estava escuro e o Eric não conseguiu ver as minhas bochechas vermelhas se elevando em um sorriso largo. Não olhei para o lado, mas tive a impressão de que ele estava sorrindo também. Continuamos de mãos dadas durante o filme todo. Quando alguma cena era empolgante, ele apertava a minha mão com mais força. Às vezes ele fazia carinho na parte superior da minha mão, outras vezes ele levava a minha mão até a sua boca e me dava delicados beijos. Foi difícil me concentrar no filme. Será que para ele também foi assim?

Depois do filme fomos jantar em um restaurante com música ao vivo. Ele tinha feito uma reserva antecipadamente. Conversamos durante todo o jantar, bem de perto, pois a música estava um pouco alta. Ele não bebeu nada alcóolico porque tinha deixado o seu carro perto do restaurante mais cedo, pensando em me levar em casa depois. Ele não tinha vergonha de mostrar que havia planejado o encontro do início ao fim. O Eric era tão diferente dos outros homens que eu conhecia, que nunca deixam transparecer que gostam da garota. Ele era realmente sentimental e não tinha medo de parecer vulnerável. Durante o jantar conversamos intensamente. Mesmo depois de toda a conversa no nosso primeiro dia juntos, nós ainda tínhamos muito para descobrir um do outro. E ele parecia cada vez mais interessante.

O jantar foi perfeito. Tentamos prolongar a noite o máximo possível, mas dessa vez eu não estava tão ansiosa porque sabia que nos veríamos novamente. Ao chegarmos no carro, ele obviamente abriu a porta para mim, como um bom cavalheiro. Enquanto dirigia, ele pegava a minha mão quando era possível. Eu não conseguia parar de sorrir. Fomos ouvindo música durante o caminho. Dessa vez estava tocando uma música da trilha sonora de Crepúsculo, com a doce voz da Christina Perri, o que fez eu me sentir no meu próprio filme de romance. Era fácil conversar com ele, mas também era aconchegante ficar em silêncio ao seu lado, como eu já havia percebido no parque. Eu realmente odeio a pressão de ter que falar o tempo inteiro para socializar, então fiquei muito feliz de ter essa conexão com ele. Ao mesmo tempo nós conseguimos ter longas conversas em outros momentos. Quando estávamos chegando no meu prédio, eu me lembrei que o Leo queria conversar comigo depois da entrevista. Eu tinha esquecido totalmente de conferir o meu celular para saber se ele tinha mandado mensagem. Nem sabia se tinha dado tudo certo. O Eric percebeu a minha inquietação.

- O que está incomodando essa sua linda cabecinha?

- Não é nada, só lembrei que o Leonardo fez a entrevista de emprego hoje. Estou pensando se deu tudo certo. Ele ficou de me contar algo importante se fosse bem na entrevista. Esqueci completamente e vou chegar tarde em casa.

- Algo importante?

- Ele disse que era algo que ele quer me falar há muito tempo. Nunca dou muita importância para o que ele fala. Ele faz muitas gracinhas.

- Deve ser algo importante sim.

- Com o Leo nunca se sabe. Só espero que tenha dado tudo certo e que ele saia logo do meu apartamento. Apesar de gostar de ter o café da manhã pronto quando eu acordo, ainda acho um pouco incômodo dividir apartamento com outra pessoa, mesmo que ele seja quase meu irmão.

- Vocês sempre tiveram esse relacionamento de irmãos? Nunca rolou nada?

- Não, nunca tivemos nada além de amizade. Ele era super galinha e eu achava isso ridículo. Sempre fui sua amiga tímida, com a cara enfiada nos livros. Ficamos amigos por causa dos nossos pais, já que desde bebezinhos brincávamos juntos. Com o tempo percebemos as nossas semelhanças e hoje nos divertimos muito juntos.

- Imagino como você devia ser uma fofa quando era mais nova. Eu não resistiria.

- Até parece. Eu era mais estranha ainda. Falando sério, ele é realmente só meu amigo, nunca me viu de outra forma. A gente conta tudo um para o outro, sempre foi assim.

- Você não sabe se ele nunca sentiu nada, mas tudo bem, vou segurar os ciúmes. Deve ser bom ter um amigo para todas as horas.

- Até nas horas que a gente não quer e nos locais onde ele não foi chamado. Me desculpe, deve ser estranho para você me deixar em casa e ter um homem lá me esperando. Você não precisa ter ciúmes, juro que essa semana foi uma exceção, ele não vai mais ter acesso a chave da minha casa.

- Não vou mentir que eu gostaria ser o cara que faz o café da manhã para você, mas a minha hora vai chegar.

- Você fala cada coisa que eu nem sei como responder.

- Vou falar menos, então.

- Não, por favor, continue me fazendo ficar envergonhada.

- Seu desejo é uma ordem.

Com essa introdução ele se aproximou para mais um beijo perfeito. Pena que acabou. Eu o agradeci pelo filme, pelo jantar, pela carona, por tudo. Nossa despedida foi longa, mas pareceu não ter sido suficiente. Quando eu entrei no prédio, vi que ele ainda estava lá me esperando entrar. Eu deixei a timidez de lado e liguei para ele.

- Eric, eu só quero dizer que foi o encontro mais lindo da minha vida. Você superou até as melhores cenas dos meus filmes favoritos.

- Foi só um lugar que eu achei que juntava o que nós dois mais gostamos. Fico feliz que você gostou. Você me faz querer tornar cada momento especial.

- Foi muito especial. Eu me diverti muito. Boa noite. Vá com cuidado.

- Também me diverti muito. Boa noite, bela Sara.

Ele tinha o poder de acabar com a minha insegurança e bloquear a minha vergonha. Se fosse com outra pessoa, eu não teria tido coragem de ser tão transparente. Talvez com ele eu consiga finalmente ser feliz sem acabar colocando os pés pelas mãos.

CAPÍTULO 5 - O TRIÂNGULO AMOROSO

Entrei em casa esperando que o Leo estivesse furioso comigo. Abri a porta devagar e vi que ele estava no fogão mexendo uma panela. Corri até ele pedindo mil desculpas por não ter olhado no celular, me explicando com urgência. Ele nem olhou direito para mim e pareceu estranhamente calmo.

- Você queria falar comigo e eu sumi. Me desculpe, Leo. Pode brigar comigo, eu mereço.

- Tudo bem, você tinha compromisso. Eu vi você chegando, então corri para fazer um brigadeiro para a gente. Eu sei que está tarde, mas o que eu tenho para te contar não pode passar de hoje.

- Leonardo, você está estranho. Você está doente? A tia está doente? Ou é o tio?

- Ninguém está doente. É algo bom, pelo menos eu espero.

- Tá bom, vou tomar um banho rápido e a gente conversa depois.

Enquanto tomava banho eu não conseguia parar de pensar no encontro com Eric. Me lembrei da sensação da sua mão segurando a minha, do seu beijo, do seu sorriso, do seu cheiro, do seu abraço. Me perdi nas lembranças e nas sensações. Sorri como uma boba apaixonada. De repente me lembrei que o Leo estava me esperando. Eu estava sendo uma péssima amiga. Me apressei para encontrá-lo. Quando cheguei na sala, ele estava sentado com duas colheres e a panela de brigadeiro nas mãos. Sentei ao lado dele estranhando seu comportamento. Perguntei logo sobre a entrevista, tentando ser uma boa amiga novamente.

- Você arrasou na entrevista? Como foi?

- Foi muito boa. Eles falaram que já tinham gostado do meu currículo, que o meu chefe atual deu ótimas referências e que a entrevista era só uma formalidade.

- Sério? Que maravilha. Você merece. Parabéns. Então você vai se mudar para cá?

- Está me convidando para morar com você?

- Você me entendeu, seu bobo.

- Eles querem que eu comece no próximo semestre, mas já tenho que me mudar durante as férias para me preparar. Daqui algumas semanas estou vindo para cá definitivamente.

- Que maravilha. É seu emprego dos sonhos. Você conseguiu e foi bem mais cedo do que você esperava. Eu falei que você ia fazer sucesso. Parabéns, se tem alguém que merece todo o sucesso do mundo, é você.

- Obrigado. Eu realmente me esforcei muito, porque sempre quis dar aula aqui. Também queria ficar perto de você, por isso tive pressa.

- Nem acredito que vamos morar pertinho novamente, depois de tanto tempo. Vai ser ótimo, Leo

- É tudo que eu queria. Pena que agora que estou vindo você está conhecendo outra pessoa. Será que demorei muito?

- Como assim? Sempre vou ter tempo para você.

- Eu ainda vou demorar alguns dias para vir. Queria saber se você pode me esperar.

- Esperar?

- Eu sei que você está saindo com o Eric agora, mas a gente já se conhece desde quando éramos bebês, então espero que isso conte para algo.

- Como assim, Leo? Você é meu amigo, o melhor amigo do universo.

- Sara, eu gosto de você, não apenas como amigo. Já faz um tempo que eu sou doido por você. Eu sei que você gosta de mim também, mesmo que agora você ache que é só amizade. Eu sei no fundo do meu coração que a gente vai dar muito certo. Estou planejando isso há muito tempo.

- Você planejou que eu gostasse de você? Enquanto estava se preparando para tentar ficar comigo me tratava como sua melhor amiga?

- Você é a minha melhor amiga. Por isso vai dar tão certo.

- Leo, você não pode fazer um plano unilateral por nós dois. Eu mudei muito. Passei por muitas coisas.

- Você nunca gostou de mim?

- Sim, eu já gostei de você na adolescência. Também já pensei que a gente poderia namorar algum dia, mas a nossa amizade cresceu naturalmente.

- Eu não planejei gostar de você. Não sei dizer quando comecei a olhar para você dessa forma, mas quando percebi eu já estava fazendo os arranjos para conseguir esse emprego. Resolvi esperar para te contar quando a nossa relação não tivesse a distância como impedimento. Pelo visto eu demorei muito. Se eu soubesse que você já gostou de mim, talvez eu tivesse feito algo antes.

- Foi há muito tempo. Você só me via como uma menina boba. Eu demorei um bom tempo para entender que a gente ficaria bem melhor como amigos. Hoje sei que se a gente tivesse namorado na adolescência não seríamos amigos até hoje.

- Eu penso diferente. Acho que a nossa amizade iria se fortalecer ainda mais. Quando eu cheguei aqui eu estava empolgado para te contar sobre o emprego. Ia me mudar e te conquistar aos poucos. Depois eu faria uma grande cena romântica e confessaria meu amor por você. O plano era tentar mudar seu olhar sobre mim com calma, mas dei de cara com você beijando outro.

- Você viu o beijo?

- Desculpa se eu invadi a sua privacidade. Eu me fiz acreditar que era só um beijo, mas você continuou falando com ele. Parecia estar se apaixonando rápido. Hoje você esqueceu completamente de mim. Isso nunca aconteceu antes. Eu tive que apressar as coisas.

- Sinto muito por ter te negligenciado, mas não é uma questão de momento certo ou não. Também não é por causa do Eric. O problema é que somos amigos, não consigo mais pensar na gente de outra forma.

- Eu não me importo que você pense assim por enquanto e que esteja com outro agora. Só quero que daqui para frente você me considere também. Quero que você tente olhar para mim como mais do que seu melhor amigo.

- Leo, depois de muito tempo eu finalmente estou feliz e estou conhecendo o Eric.

- Sim, exatamente, você está o conhecendo. Eu sempre estive ao seu lado. Só quero continuar aqui. Não estou pedindo uma resposta agora. Só precisava entrar no jogo.

- Não é um jogo, é a minha vida. Eu não quero te perder.

- Você não vai. Eu prometo. Se você passar um tempo tentando me olhar de forma diferente e não conseguir, tudo bem, eu volto a ser seu melhor amigo. Só quero uma chance. Acho que mereço isso.

- Leo, não sei o que falar, me desculpa.

- Não estou pedindo para você parar de ver ele. Não estou dizendo que vou te forçar a ficar comigo. Só quero que saiba que eu estou apaixonado por você e que quero ser mais que seu amigo. Quero que você pense com carinho e abra esse espaço para mim, enquanto ainda tenho tempo.

- Estou muito feliz que você finalmente vai morar aqui perto e que vai ter o emprego que você tanto queria. Estou lisonjeada por você gostar de mim. Claro que no fundo isso me deixa feliz, afinal você é um homem maravilhoso. Só que muitas coisas aconteceram e eu não sou mais a velha Sara.

- Então me deixa conhecer a nova Sara. Me deixa gostar de você, Ventura. Você não precisa fazer nada. Vamos mudar de assunto agora, comer esse brigadeiro e conversar normalmente. Vou te contar tudo sobre a entrevista e não vou te pedir mais para você me amar, por favorzinho.

- Você é um palhaço mesmo. Eu já te amo, seu pirralho.

- Eu te amo mais. E sou um pouco mais velho que você.

Fiz o que ele pediu e não pensei mais sobre o fato do meu melhor amigo ter confessado que gosta de mim. Comemos a panela inteira do doce e conversamos sobre seu futuro como professor universitário de uma cidade grande. Antes de ir dormir dei um abraço nele. Ele me apertou forte e eu me lembrei que o seu abraço agora tinha outro sentido. Fiquei triste por não conseguir corresponder da mesma forma. Me lembrei de Eric e estranhamente me senti traindo a sua confiança. Ele demonstrou estar com ciúmes do Leo, então talvez ele tivesse percebido algo que eu não tinha notado. Dei certeza para ele de que éramos somente bons amigos e agora estava dormindo no quarto ao lado de alguém que diz ser apaixonado por mim. Foi então que eu percebi algo muito maluco. Eu estava em um triângulo amoroso? Logo eu. Parecia ser impossível para mim acreditar que esses dois homens incríveis desejavam ficar comigo. Pensei em todas as histórias de triângulo amoroso que já tinha visto e não conseguia me ver como nenhuma das minhas protagonistas favoritas. Não fazia sentido eu estar vivendo esse clichê.

Me iludi de que iria conseguir dormir tranquilamente e fui me deitar pensando nisso, me revirando na cama. No dia seguinte resolvi sair logo cedo para o trabalho. Deixei um bilhete para o Leo me explicando, mas acho que ele deve ter percebido que foi uma tentativa ridícula de fugir do assunto da noite passada. Na verdade, eu realmente estava atarefada.

O meu horário de almoço seria corrido e à noite eu tinha que participar de um evento de trabalho. Provavelmente não iria conseguir ver o Leo, mas também não teria tempo para me encontrar com o Eric. Logo que cheguei ao escritório mandei uma mensagem para ele contando sobre o planejamento do meu dia. Ele lamentou que a gente não conseguiria se encontrar. Uma parte de mim pensou que era até bom eu não o encontrar, pois não sabia como iria falar sobre a conversa que tive com o Leo.

O dia passou rápido. Quando cheguei em casa à noite levei um susto. O Leo estava saindo do banho e tinha ido à cozinha beber água só de toalha. Eu havia me esquecido como o corpo dele era bonito e definido. Ele parecia estar ainda mais musculoso do que antes. Desde que éramos adolescentes, eu não pensava mais no fato dele ser tão, como posso dizer, bem apessoado. Acho que acabei o encarando por um tempo, mesmo sem querer. Ele percebeu e deu um sorriso sedutor. Como sempre, ele fez uma brincadeira.

- E aí? Estou gostoso? O meu passe ficou mais valioso agora que me viu de toalha?

Joguei nele a primeira almofada que vi no caminho e foi a pior coisa que eu poderia ter feito, pois a sua toalha quase caiu. Por pouco eu não vi algo que ia me deixar ainda mais constrangida. Mesmo assim, eu fingi que não ligava para a cena, afinal éramos praticamente irmãos durante a nossa vida toda. Tive uma conversa rápida com ele e fui me deitar alegando estar muito cansada. Na verdade, estava estranhamente envergonhada e isso me afetou. Meu coração estava batendo rápido. Ele deve ter percebido as minhas bochechas vermelhas. Por sorte ele iria embora logo, então eu só passaria vergonha por pouco tempo.

Fiquei culpada porque não fizemos muita coisa juntos durante o tempo dele na minha casa, mas pensei que qualquer coisa que fizéssemos teria um significado diferente para ele.

Se eu quisesse sair com ele novamente teria que chamar mais pessoas. Tomei banho e depois falei com a Laura sobre a gente ir ao barzinho para o qual ela vivia me convidando a conhecer. Ela não acreditou que eu queria sair novamente. Eu disse que levaria meu amigo que era novo na cidade e ela ficou muito animada. Estava muito cansada, então troquei algumas mensagens de boa noite com o Eric e desmaiei de sono. No outro dia contei para o Leo que iria sair a noite com uns amigos do trabalho e o convidei também.

- Vamos, Leo. Vai ser divertido e é a sua última noite na cidade como visitante.

- Você não está tentando arranjar um encontro meu com a sua amiga, né?

- Claro que não, ela tem namorado.

- O Eric vai?

- Estava pensando se devo convidá-lo.

- Pode fazer como achar melhor. Até porque eu preciso analisar melhor a concorrência.

- Leo, para de besteira.

- Estou brincando, mas não me importo mesmo. Pode chamar quem você quiser, você sabe que eu só quero estar perto de você.

Estava em dúvida se era melhor chamar o Eric ou não. No fundo eu estava com medo, porque o Leonardo poderia acabar falando alguma coisa que estragasse tudo. Só que o Eric já tinha me enviado uma mensagem de bom dia, então no impulso de vê-lo acabei o convidando para sair mais tarde. Ele logo respondeu e aceitou animado. A solução para aplacar a minha ansiedade foi pensar que se eu fosse sair mais vezes com o Eric, ele acabaria convivendo com o Leo, então era melhor resolver isso logo. Eu e a Laura chamamos mais alguns colegas. Acho que eu era mais antissocial do que eu pensava, pois todos pareciam surpresos com a minha nova personalidade festeira.

Ao final do dia, eu recebi mensagens do Eric e do Leonardo dizendo a mesma coisa, que iriam passar no meu trabalho para ir junto comigo ao bar. Que confusão. Eu mandei mensagem para os dois dizendo que não precisava, que nos encontrávamos lá, porque eu iria de carona com o pessoal do trabalho. Quando chegamos no bar, os dois já haviam se encontrado e estavam conversando. Me deu um nó no estômago. Fiquei muito nervosa ao pensar no que o Leo poderia ter dito para o Eric. Os dois sorriram quando me viram e deram um passo à frente ao mesmo tempo para me dar oi. Pareciam ansiosos e eu senti como se a decisão sobre quem eu cumprimentava primeiro fosse dar algum sinal para eles. Obviamente fui dar um abraço no Eric, afinal estava com muita saudade dele. Fora que o Leonardo já tinha me visto naquele dia, mesmo assim ele me puxou para um abraço como se estivesse há dias sem me ver. Ele ainda teve a cara de pau de falar que eu estava linda. Na mesma hora eu percebi que seria uma longa noite.

Meus colegas já conheciam o Eric, mas o chamavam de Romeu. Tivemos que esclarecer essa história e todos riram muito quando contamos a verdade. Sorte que depois de alguns drinks já era uma história antiga e o foco do dia era o Leo. A Laura estava curiosa sobre ele, então ficou em cima dele como fez com o Eric no dia do meu aniversário. Ela tinha namorado, mas ele viajava muito e ela se achava no direito de flertar com todo mundo por causa disso. Segundo ela, o seu namorado também estaria fazendo a mesma coisa e flerte não era traição. Acho que eu não era tão moderna assim, porque estava super incomodada só de ter dois homens sorrindo para mim ao mesmo tempo. Ela me puxou para ir ao banheiro para fofocar, mas fiquei tensa em deixar os dois sozinhos na mesa. No caminho para o banheiro ela já começou com as insinuações.

- Vamos retocar nossa maquiagem, Sara. Quero saber das fofocas. Deixe os rapazes conversando.

- Esse é o problema.

- Está com medo de alguma coisa? Você está muito suspeita. Um belo dia você aparece com dois amigos gatos que estavam escondidos durante todo esse tempo.

- Já falei que na verdade conheci o Eric no dia do meu aniversário e o Leonardo é o meu amigo de infância que vai se mudar para cá. Só isso.

- E qual deles você está beijando? Ou será que são os dois? Afinal, os dois gostam de você.

- Pare de besteira, Laura

- Você está em negação, amiga. Tem dois homens lindos querendo seu coração. Aproveita, porque a juventude passa rápido.

- Você parece até uma idosa falando. Vamos voltar logo antes que eles achem que estamos fofocando sobre eles.

- E eles estarão certos.

Quando voltamos para a mesa, eles pareciam estar mais bêbados do que antes. Será que tínhamos demorado tanto assim? Ou pior, será que aconteceu alguma coisa? Tentei descobrir o que eles falaram enquanto eu saí, mas não consegui. Só percebi que os dois estavam se olhando e praticamente fazendo uma competição de quem bebia mais. O Leo estava claramente tentando fazer ciúmes no Eric falando sobre as nossas histórias antigas. Sempre que podia ele esticava o braço para me tocar e falava algo que me deixava com vergonha.

O Eric parecia um príncipe mesmo nessa situação. Ele estava sentado ao meu lado e de vez em quando pegava a minha mão por debaixo da mesa. Estava sempre me servindo comida ou bebida, me perguntando se eu estava bem e arrumando uma forma de demonstrar seu carinho por mim, apesar de ser muito discreto. Eu estava sendo cuidadosa, pois não queria machucar o Leonardo. Mesmo assim, entre uma brincadeira e outra, eu conseguia ver em seus olhos uma pontada de tristeza. Apesar de ser difícil, talvez fosse bom para ele ver que o Eric e eu estávamos nos dando tão bem. Sabia que ele iria superar isso logo, que devia estar apenas confuso, com ciúmes ou medo de me perder. Pensei que logo ele iria esquecer essa história toda e voltar a ser o velho Leo. Enquanto isso, ele parecia estar empenhado em provar para todos que éramos muito íntimos. Sorte que o Eric não parecia estar se abalando com as brincadeiras.

Depois de muita conversa e muita bebida resolvemos ir embora. O Eric fez questão de ir com a gente até em casa. Acho que no fim ele tinha se abalado sim. Talvez por causa das besteiras que o Leo falou insinuando que nós morávamos juntos. Pelo menos ninguém estava dirigindo, porque eles pareciam claramente alcoolizados. Fomos os três até o carro que pedimos e eu entrei primeiro. O Eric entrou e se sentou ao meu lado, já fechando a porta, mas o Leo correu para a outra porta e sentou do meu outro lado. Achei que o Leo iria se sentar no banco da frente, mas ele estava completamente sem noção. Foi assim que fiquei esmagada no meio, sem escapatória.

Era surreal, eu não acreditava que estava vivendo aquela típica cena de triângulo amoroso. Eu, totalmente constrangida, com um pretendente de cada lado, não sabia onde colocar as minhas mãos, então cruzei os meus braços. Olhei para o lado e a mão de Eric estava em cima da perna dele, o mais perto possível de mim. Olhei para o outro lado e o Leo estava do mesmo jeito. Comecei a rezar para que esse motorista fosse bom, mas em uma curva eu acabei indo um pouco para cima do Eric. Ele riu e falou que isso trazia boas lembranças. Fiquei vermelha de vergonha. Nesse momento o Leo cruzou os seus braços, como se estivesse desistindo da luta. Ele parecia ter ficado triste e eu me senti culpada, apesar de ter deixado tudo muito claro para ele. Fomos calados pelo resto do caminho, ouvindo uma música que eu amo do Coldplay. Eu estava completamente arrependida de ter marcado essa saída, mas já era tarde demais.

Quando chegamos em casa, o Eric disse que já havia mudado a rota final da corrida e iria logo para a casa. Por sorte, o Leo desceu do carro antes, então nós conseguimos trocar pelo menos um abraço de despedida. Quando o abracei, pedi desculpa baixinho no seu ouvido. Nesse momento ele me apertou mais forte e disse que foi ótimo me ver, que eu não tinha que me desculpar. O Leo estava na porta me esperando com os braços cruzados e a cara amarrada, então me apressei. Dei um beijo em sua bochecha e ele sorriu, foi um tchau diferente do que eu gostaria, mas ele era muito compreensivo. Logo depois eu e o Leo subimos em silêncio. Ele iria embora pela manhã, mas após algumas semanas ele já chegaria na cidade com a sua mudança definitiva.

O apartamento que ele encontrou era próximo do meu e ele fez questão de contar isso para o Eric. Ele estava descaradamente torcendo para que eu mudasse de ideia quanto aos meus sentimentos. Só que estava óbvio que eu estava cada vez mais apaixonada pelo Eric. Não queria perder o Leo, mas também não iria deixar de gostar do Eric. Dei boa noite para o meu melhor e mais complicado amigo. Quando eu estava entrando no meu quarto ele me pediu desculpas por ter sido um pouco infantil naquela noite. Não foi só um pouco, mas não quis chateá-lo ainda mais. Aproveitei para tirar logo a dúvida que iria me assombrar a noite toda.

- Leo, você por acaso falou alguma coisa para o Eric enquanto eu não estava por perto?

- Sobre eu gostar de você? Não. Achei melhor você contar para ele.

- Você está sendo tão insistente sobre isso e fala como se fosse algo simples.

- Sou sincero porque tenho certeza dos meus sentimentos. Eu gosto de você e acho que você não deveria esconder isso dele.

- Eu acho que ainda está muito cedo, eu nem sei se ele gosta mesmo de mim.

- Depois da cena toda de hoje você ainda tem dúvidas? Mas enfim, você está livre para fazer o que achar melhor. Só quero a sua felicidade. Eu vou jogar limpo, não vou atrapalhar você fazendo fofoca. Quero que você venha até mim porque gosta de mim, não porque estraguei seu possível relacionamento e te deixei sem opções.

- Você quer me confundir, se fazendo de bonzinho, como sempre, né?

- Eu sou bonzinho, você sabe.

- Eu sei, você é maravilhoso. Eu não sei o que te dizer, acho que já te falei tudo o que podia. Só quero agradecer muito o seu carinho comigo.

- Não vou te deixar desconfortável falando mais sobre isso. Vamos continuar como éramos antes. Se algum dia o seu sentimento mudar eu estarei de braços abertos te aguardando ansiosamente, mas não vou te incomodar mais. Amanhã vamos nos despedir como melhores amigos. Durma bem, Ventura.

Ele me deu um abraço e um beijo delicado no rosto. Ele costumava fazer isso, mas dessa vez foi muito diferente. Senti tudo de uma forma inédita. Seu abraço foi gentil, mas senti o seu corpo firme contra o meu. Era um toque que sempre me confortava, mas dessa vez me deixou nervosa e tímida. O beijo foi na minha bochecha, mas percebi que os seus lábios estavam quentes e que eram extremamente suaves. Fiquei muito consciente da proximidade da boca dele com a minha, o que nunca havia acontecido antes, então fiquei com o rosto fervendo de vergonha. Sim, foi muito diferente e confesso que senti borboletas no estômago. Era estranho me sentir assim com ele.

Eu sempre gostei de triângulos amorosos em livros e em filmes, mas nunca tinha imaginado que era tão difícil estar em um. Talvez se ele tivesse se declarado antes. Não, não ia me permitir pensar assim. Pelo menos com a ida dele para casa eu não precisaria me preocupar com isso por algum tempo. Antes de dormir troquei mensagens com o Eric pedindo desculpas novamente. Ele disse que meus amigos eram ótimos e que ele se divertiu bastante. Ele era realmente um doce. Fui dormir contando com o efeito do álcool para me dar sono. No outro dia acordei e parecia que não tinha dormido nada. Ainda estava sonolenta quando me despedi do Leo. Como ele me prometeu, foi embora sem falar nada sobre gostar de mim. Ele estava mais animado e me deu um abraço rápido. Foi um toque amigável e não senti aquele desconforto da noite anterior. Ele parecia mesmo o meu melhor amigo novamente. Meu coração estava apertado, mas eu torcia que ele percebesse que gosta de mim apenas como amiga e que a nossa amizade sobrevivesse depois disso tudo.

CAPÍTULO 6 - VITAMINAS

Eu e o Eric nos falávamos cada vez mais. Quando ele tinha algum compromisso extra no trabalho ele fazia questão de pelo menos me buscar depois do expediente e me levar em casa, mesmo que tivesse que voltar para o seu escritório. Ao longo do mês tivemos encontros maravilhosos. Ele sempre me levava a algum lugar diferente. Fomos a um cemitério de instrumentos musicais antigos, a um museu de histórias em quadrinhos e jantamos em um restaurante cheio de bilhetinhos pendurados no teto. A gente deixou um bilhete lá com os nossos nomes dentro de um coração. Sim, parece brega, mas eu estava pela primeira vez me permitindo ser uma boba romântica. Quando não tínhamos tempo de nos encontrar, a gente conversava até tarde no telefone. Foi assim que um mês passou voando.

Na primeira terça-feira do mês seguinte, o Eric me chamou para um piquenique no parque na hora do almoço. Ele disse que as terças não seriam mais sem sal. Fomos para o mesmo parque da outra vez, só que dessa vez estávamos caminhando de mãos dadas. Ele preparou uma toalha e uma cesta cheia de coisas gostosas. Me alcançou uma garrafa de suco e um frasco de vitaminas que ele havia comprado para comemorar um mês desde que nos encontramos na farmácia.

- Quero ver você tomando para ter certeza de que você estará mais vitaminada.

- Eu vou tomar mais tarde, prometo.

- Eu estava te devendo isso. Aposto que você passou esse mês todo sem comprar suas vitaminas. Toma logo.

- Não conhecia esse seu lado mandão.

Abri o pote e vi que tinha um papelzinho lá dentro. Ele me olhou sorrindo com expectativa para ver a minha reação. Pensei logo que ele tinha aprontado algo. Abri o papel lentamente, para provocá-lo. Estava escrito:

"Você precisa de alguém para te lembrar de tomar suas vitaminas todos os dias!

Aceita namorar comigo?"

Meu coração quase explodiu de felicidade. Pulei para os braços dele e o beijei sem nem pensar.

- Isso é um sim?

- Claro, Eric. Só você mesmo para fazer um pedido de namoro tão fofo. Ninguém mais faz isso. Eu não esperava, mas já deveria ter imaginado que o último romântico da terra ia aprontar alguma coisa.

- Eu preciso manter a minha fama. Mas falando sério agora, esse mês foi incrível. Você sabe que estou caidinho por você, né? Eu precisava oficializar tudo antes que você desistisse de mim. Gosto muito de você, Sara.

- Eu, desistir de você? Você só pode estar brincando. Você é perfeito. Eu nem sei como você se interessou por mim, mas vou aproveitar enquanto eu posso. Eu gosto muito de você também.

- Enquanto você pode? Acho que você não sabe o seu superpoder. Você usa e nem percebe.

- Eu não tenho poder nenhum.

- Você é irresistível.

- Eu? Acho que você precisa de óculos. De qualquer forma, obrigada. Eu amei o pedido.

- Você merece, minha linda namorada.

Nós rimos e ele me beijou novamente. O beijo de um namorado apaixonado, cheio de carinho. Tudo que eu sempre quis. Pude sentir que ele estava aliviado pela minha resposta ter sido sim, porque ele me beijou com tanta alegria que eu tive que interromper o beijo para rir. Ele estava nervoso com isso? Era impossível eu dizer não para ele. Claro que um minuto depois eu já voltei a beijá-lo mais apaixonadamente ainda, sentindo cada sensação que seu beijo causava no meu corpo e aproveitando cada segundo. Era oficial, eu agora tinha o namorado que sempre quis desde que li o meu primeiro romance. Eu quase não conseguia acreditar. Foi lindo o jeito que ele preparou esse momento com tanto cuidado. Depois de vários beijos, para a minha felicidade, a gente ficou ali mais um tempo. Almoçamos, nos abraçamos, nos beijamos novamente e conversamos muito, como sempre. Quando eu estava com ele me sentia completa e ridiculamente feliz.

Parecia um sonho, depois do que eu passei, encontrar alguém assim tão doce. Não sei por que lembrei daquele episódio nesse dia tão especial. Também me lembrei que o Leonardo iria chegar com a sua mudança naquela semana. Percebi que eu ainda tinha coisas para resolver no mundo fora do nosso casulo de alegria. Eu não podia começar meu novo relacionamento escondendo coisas. Já bastava eu ter um segredo que precisaria deixar enterrado por mais um tempo, pelo menos até me sentir segura para compartilhar com ele. Era o motivo da minha infelicidade naquele dia que nos vimos pela primeira vez. Ele precisava saber de tudo o mais rápido possível, mas enquanto eu não conseguia falar sobre isso, eu deveria pelo menos contar sobre o Leo.

- Eric, eu preciso te contar algo que aconteceu e eu não sabia como tocar no assunto. Não é nada sério, mas não quero mais guardar só para mim. Ainda mais agora que estamos namorando oficialmente.

- Agora fiquei curioso.

- Aquele dia em que fomos ao cinema ver Casablanca, o Leo ainda estava lá em casa, lembra? Ele queria me contar algo depois da entrevista e eu até comentei isso com você. Provavelmente foi movido por ciúme de você ou por medo de perder sua melhor amiga. Como ele está voltando nesta semana e vai se mudar para cá, achei melhor te contar.

- Ele se declarou para você.

- Como você sabe?

- Eu já imaginava que ele gostava de você, Sara. Era óbvio e ele não tentou esconder.

- Suas perguntas me indicaram que você já suspeitava, mas eu não sabia até ele me contar.

- Eu percebi que ele era apaixonado por você, mas você parecia não saber mesmo.

- Ele deve estar confuso, acho que não falou sério. Não se preocupe. Eu vou esclarecer tudo com ele.

- Eu não estou preocupado porque confio em você e percebi que seu sentimento por ele é somente de amizade.

- No mesmo dia eu já disse para ele que a gente não seria mais do que amigos. Contei que eu estava apaixonada por você.

- A gente tinha saído uma vez, você já falou isso para ele naquela época?

- Sim, porque eu já gostei muito de você desde o primeiro dia que te vi.

- Eu também. Fico feliz por você ter me contado tudo isso.

- Eu vou continuar convivendo com ele, porque ele é meu melhor amigo, então eu não sabia se deveria te contar. Só que não queria esconder isso de você.

- Eu entendo. Obrigado por ter me contado. Eu nunca iria te pedir para você não ver seu amigo só porque ele é meio bonitão e está apaixonado por você. E só porque eu estou morrendo de ciúmes.

- Ciúmes? Eric, você sabe como eu gosto de você. Fora que você é mil vezes mais bonito do que ele.

- E sou mais romântico, não esqueça disso.

- Claro, o mais romântico do mundo.

- Estou só brincando. Eu acredito em nós dois, Sara, não se preocupe.

- Você consegue me fazer sorrir até nesses momentos. Muito obrigada por entender.

- Eu falei que você é irresistível, linda namorada.

Dei um abraço apertado nele e não queria mais soltar. Estava agradecida por ele ter sido tão compreensível, mas tinha medo de perdê-lo. Só que também não queria perder o Leo. Ele era meu porto seguro desde que éramos pequenos. Pensei que talvez eu estivesse me arriscando muito, que fosse pedir demais ter os dois ao meu lado. Eu esperava não acabar perdendo tudo por estar sendo uma pessoa tão gananciosa.

CAPÍTULO 7 - FANTASMAS DO PASSADO

Eu estava muito feliz namorando com o Eric, praticamente flutuando de alegria. A gente se dava tão bem que até estávamos pensando em ir visitar meus pais, mesmo com tão pouco tempo de relacionamento. Ele também queria me levar para conhecer os pais dele assim que possível, o que me deixou ansiosa só de pensar. Apesar de tudo estar parecendo ir rápido demais, eu acordava todos os dias muito tranquila, tanto que as pessoas que conviviam comigo começaram a reparar e a comentar como eu tinha mudado. Depois de alguns encontros em lugares públicos, em que tínhamos que trocar beijos no carro ou no escuro do cinema, eu me empolguei e o convidei para conhecer a minha casa. Resolvi fazer um jantar para ele no sábado daquela semana. Afinal, eu também tinha que me esforçar para ser romântica. Ainda era quinta-feira quando eu fiz o convite, mas iria ser corrido porque eu precisava ajudar o Leo com a mudança naquela mesma semana.

Na sexta-feira o Eric tinha que jantar com os seus pais, pois era aniversário de casamento deles. Achei muito legal que eles sempre faziam uma festinha para comemorar a data. Percebi que o romance estava no DNA da família. Ele chegou a me convidar para ir junto, mas achei muito cedo e estava despreparada para algo tão importante. Então, usei a mudança do Leo como desculpa. Acho que o Eric percebeu a minha insegurança, mas ele foi compreensivo como sempre.

Fora isso, o dia estava tranquilo e parecia que tudo ia bem, mas voltando para o trabalho depois do intervalo de almoço eu quase dei de cara com a última pessoa que eu queria ver no mundo. Era o Alex, o meu ex-namorado ou meu ex-caso, não sei o que soa pior. O meu pesadelo do passado retornou. Rapidamente o meu dia ficou terrível. Nós não nos encontrávamos desde aquele episódio que eu não gosto nem de me lembrar. Ele tinha pedido transferência para uma outra filial da empresa e eu achei que seria permanente. Eu consegui fugir para as escadas antes que ele me visse, mas sabia que uma hora acabaria esbarrando com ele. Eu falei com alguns colegas e descobri que ele estava de volta. O pior de tudo é que era para ficar. Eu estava tremendo de tão apavorada. Consegui arrumar uma desculpa para faltar à reunião que eu tinha no andar em que ele estaria, mas quando fui ao banheiro me recompor, ele estava na frente da porta, como se estivesse me esperando lá. Quando ele me viu, abriu um sorriso falso e veio conversar comigo amigavelmente, como se nada tivesse acontecido.

- Senhorita Ventura, quanto tempo não te vejo. Você está linda. Soube que foi promovida. Vim lhe dar parabéns.

- Ah, sim. É. Obrigada.

- Voltei de uma vez por todas, não é uma ótima notícia? Eu senti muita falta de tudo por aqui.

- Voltou? É. Sim.

- Você está bem? Parece que viu um fantasma.

- Não estou me sentindo muito bem, com licença.

Corri para dentro do banheiro. Meu estômago estava embrulhado. Fiquei arrepiada, mas estava com calor ao mesmo tempo. Eu tentei respirar, mas estava com falta de ar. Por que ele tinha que voltar justamente quando eu estava tão feliz? Como ele teve coragem de falar comigo? E como eu consegui responder suas perguntas e ser educada ainda por cima? Eu me odiava por ser assim. Odiava ele. Parecia que todo o meu progresso e toda minha tranquilidade foram por água abaixo só de ter falado com ele por um minuto. Por sorte eu não iria ver o Eric naquele dia. Não podia deixar ele me ver assim. Eu precisava me acalmar, então pedi para usar minhas horas extras e sai mais cedo. Liguei para o Leo e falei que estava livre para ajudar com a mudança. Pelo menos, arrumando as coisas com ele, eu poderia me distrair e, se tivesse coragem, contaria tudo para ele, afinal precisava contar para alguém em algum momento.

O Leo percebeu que eu não estava bem, mas eu disse que não queria conversar, apenas focar na arrumação. Logo que vi seu rosto eu perdi a coragem de contar qualquer coisa. Imaginei ele ficando furioso e querendo brigar com o Alex. Eu precisava evitar mais confusão na minha vida. Ele só fez questão de perguntar se o Eric tinha feito alguma coisa e eu disse que não, que ele era ótimo. Falei que era algo no trabalho, que não valia a pena dar atenção. Por sorte, o Leo sempre foi bom de perceber quando não deveria me forçar a falar. Ele me deu um copo com vinho branco e colocou uma playlist de músicas que eu amo. Ele sabia exatamente o que poderia me animar, só não tinha ideia do quanto eu estava abalada. De qualquer forma, foi o melhor que ele poderia ter feito. Começamos a abrir as caixas e arrumar o seu novo apartamento, que por sinal era muito melhor do que o meu. Tentei usar isso como um tópico de uma conversa mais leve para disfarçar minha preocupação.

Ele estava muito feliz e isso me ajudou a relaxar um pouco. Pedimos comida chinesa e para acompanhar eu bebi mais alguns copos de vinho. Eu precisava tentar me esquecer do que aconteceu e da cara do Alex. E realmente bebi muito, tanto que o Leo teve que me levar para a casa. Acordei de madrugada assustada. Provavelmente ele me colocou para dormir, mas eu estava tão cansada que não vi nada, só sei que fui parar na minha cama de pijama. Por um minuto fiquei pensando se ele tinha colocado o pijama em mim ou se eu tinha conseguido esse feito sozinha, mas não conseguia me lembrar de nada.

Fiquei tensa com a possibilidade do Leo ter trocado a minha roupa, ainda mais depois de ter se declarado para mim. Sorte que conheço o meu amigo e sei que ele me respeita acima de tudo. Pelo menos não estava mais pensando sobre o fato de que segunda-feira eu teria que encontrar o Alex no trabalho.

No sábado acordei cedo e tentei não pensar em nada sobre o fantasma do passado que estava me assombrando, então passei a manhã ajudando o Leo novamente, mesmo de ressaca. Ele fez cara de cachorro que caiu da mudança quando eu disse que estava namorando oficialmente e que tinha um encontro com o Eric no final do dia. Ele quis perguntar mais, mas eu não tive cabeça para entrar no assunto, então fugi o mais rápido que pude. Durante a tarde, fui fazer compras e arrumar tudo para o jantar com Eric. Fiquei tão atarefada que não pensei em mais nada.

O Eric foi pontual, não tive nem tempo de me preparar emocionalmente para a sua chegada. Sorte que eu já tinha colocado a blusa vermelha que eu tinha comprado especialmente para aquele dia. Claro que ele chegou com flores e um vinho maravilhoso, como um bom romântico. Quando ele entrou, eu lhe dei um abraço tão apertado que ele até me perguntou se eu estava bem ou se tinha acontecido algo. Eu simplesmente disse que estava tudo bem, que só estava nervosa, torcendo que ele gostasse de tudo. Ele disse que eu ficava linda de vermelho e sorriu apaixonadamente para mim. Eu estava com os nervos à flor da pele por causa do Alex, mas não queria estragar tudo com o Eric naquele dia. Finalizei o risoto de camarão com alho poró, minha especialidade. Por sorte acertei o sal da comida e não deixei nada queimar. Se ele não gostou, disfarçou muito bem, pois elogiou bastante. Bebemos vinho e conversamos sobre o trabalho dele durante o jantar, então pude me distrair um pouco. Depois do jantar, lavamos os pratos juntos, como um casal que se conhecia há muito tempo. Felizes, fomos para o sofá assistir a um filme qualquer que tinha sido lançado naquela semana e comer os morangos com chocolate que eu tinha preparado.

- Sara Ventura, você também sabe ser muito romântica. Me convidando para assistir um filminho comendo morangos com chocolate. Você sabia que essa sobremesa é a minha favorita e é a que acho mais sensual?

- Estou me inspirando em você.

- Até parece. De qualquer forma, eu adorei. E eu senti muito a sua falta ontem.

- Eu também. Como foi o jantar dos seus pais?

- Foi legal. Eles conseguem ser pegajosos um com o outro até hoje, apesar de tanto tempo juntos. Eu até contei para eles que estou namorando uma menina linda.

- Sério? Você já contou para eles? Que vergonha.

- Já? Eu estava ansioso para contar faz tempo. Eles pediram para levá-la na próxima vez.

- Tá bom, vou tomar coragem, pode deixar.

- Obrigado, namorada.

Ele se aproximou e me deu um beijo mais doce que o morango com chocolate. Começou devagar, me beijando timidamente, depois foi ficando mais intenso, como nos nossos últimos encontros. Agora estávamos namorando na minha casa e ambos sabíamos que a situação era diferente. Senti que ele ficou mais à vontade e seu beijo foi ficando mais sensual. Era normal ele querer mais intimidade, ainda mais porque além da sobremesa que ele considerou sexy, eu o convidei para ver Netflix e relaxar no sofá, então com certeza passei alguns sinais, mesmo que tenha sido sem querer.

De qualquer forma, eu estava envolvida, gostando de estar mais perto dele e acabei o beijando mais intensamente. Suas mãos, que antes eram delicadas, agora estavam firmes e passeando mais livremente pelo meu corpo. Eu acabei aproveitando para sentir a textura da sua pele, me aquecer no seu calor e absorver o seu cheiro maravilhoso. Ele se aproximou cada vez mais e eu me deixei envolver. Estava completamente apaixonada e ele sabia como me deixar querendo ainda mais. Toquei levemente no seu corpo, senti seus músculos firmes e, quando fiz isso, a sua respiração ficou mais ofegante. Ele passou os seus lábios macios no meu pescoço até chegar na minha orelha para falar que eu era linda. Isso me fez arrepiar, minha respiração ficou completamente irregular e eu senti que estávamos perdendo o controle.

Quando a mão dele delicadamente puxou a minha blusa para cima, eu não sei por que, mas a imagem de Alex veio na minha cabeça de forma inesperada. Por um segundo eu achei que estava de novo naquela situação horrível. Não consegui focar em mais nada e me desliguei do fato de que era o Eric que estava comigo. Como se estivesse acordando de um pesadelo de verdade, dei um grito e um pulo para trás. Para o Eric, provavelmente era como se algo tivesse me atingido ou se ele tivesse me machucado. Ele ficou tão assustado que também se afastou. Quando ele viu que eu estava bem, logo perguntou se tinha feito algo de errado e se eu estava melhor. Aos poucos eu voltei à realidade. Estava ofegante e ainda assustada. Fiquei respirando lentamente e a vergonha começou a chegar. Pedi desculpa, falei que estava bem, mas não consegui explicar direito o que aconteceu.

- Sara, me desculpe se eu te assustei. Não queria apressar as coisas.

- Você não fez nada de errado. Eu acho que saí de mim por um segundo, me desculpa, eu devo estar muito cansada, dormi muito mal, também estou estressada com o trabalho.

- Eu juro que eu não ia te forçar a nada.

- Claro que eu sei disso, Eric. Você não fez nada, por favor, vamos esquecer que isso aconteceu, tudo bem?

- Quer que eu vá embora?

- Essa é a última coisa que eu quero.

Eu o abracei como se ele fosse fugir e eu estivesse o impedindo. Sabia que eu não tinha como explicar essa situação para ele sem contar tudo, mas naquele momento não era só ele que estava confuso. Eu não conseguia raciocinar direito, só queria ficar perto dele até me acalmar. Por sorte ele não tocou mais no assunto. Nós ficamos abraçados vendo o filme e acabei ficando com sono. Ele fez carinho em mim e eu dormi. Não sei quando ele foi embora, mas quando acordei estava com o casaco dele me cobrindo. Logo vi um bilhete dele me agradecendo pelo jantar e dizendo que queria passear comigo no dia seguinte. Fiquei aliviada que ele queria me ver novamente, mas logo a lembrança do que estava me atormentando voltou a minha mente.

Eu achei que estava melhor dos sintomas do meu estresse pós-traumático, mas pelo jeito eles retornaram tão inesperadamente quanto o Alex. Provavelmente o contato físico mais íntimo com o Eric também foi um gatilho. Todo esse tempo eu fiquei sem namorar ninguém. Achei que eu estava curada, mas aparentemente ainda precisava de ajuda. Percebi que não deveria ter abandonado o tratamento e que precisava ver novamente a minha psicóloga. Decidi fazer o possível para não estragar tudo com o Eric e sabia que precisava contar tudo para ele.

Dormi muito mal, mas era domingo e o Eric queria me ver novamente. Eu precisava mostrar para ele que ele não tinha feito nada de errado, então juntei todas as minhas forças e me arrumei. Ele me pegou em casa antes do almoço e nós passeamos no shopping. Ele disse que precisava comprar um presente para a filha de um amigo, então o ajudei. Fomos em uma loja grande de brinquedos e ele fez várias gracinhas para me animar. Até me presenteou com uma bonequinha da Pequena Sereia, já que eu tinha mostrado para ele que a rosa que ele me deu no nosso primeiro encontro estava secando dentro do livro do Hans Christian Andersen que ficava na mesa de centro da minha sala. Almoçamos juntos e eu estava dedicada a não transparecer o meu nervosismo. Não consegui falar nada sobre o meu comportamento na noite anterior, então puxei assunto sobre coisas aleatórias. Sorte que ele captou os meus sinais e a conversa foi leve.

Depois do almoço nós fomos ao cinema e eu aproveitei para descansar um pouco. Ele não comentou nada sobre o fato de eu ter dormido o filme inteiro ou sobre o que tinha acontecido durante o nosso último encontro. Quando ele me deixou em casa, eu perguntei se ele queria subir. Ele disse que tinha que organizar algumas coisas em casa para ir mais cedo para o trabalho no dia seguinte. Acho que ele só estava inventando uma desculpa para me dar mais tempo. E provavelmente eu precisava disso. Apesar disso, parecia estar tudo bem com a gente e era isso que merecia a minha atenção. Ele demonstrou estar aliviado quando eu o puxei para um beijo antes de sair do carro. Nos abraçamos e ele me deu tchau com aquele sorriso que sempre fazia o meu coração ficar iluminado. Eu precisava me distrair para não me lembrar que no outro dia poderia esbarrar com o Alex no trabalho, então cheguei em casa e fui arrumar o meu quarto. Mais tarde ainda conversamos um pouco pelo telefone. Foi então que Eric finalmente teve coragem de perguntar sobre o susto repentino da noite passada.

- Ainda estou pensando se fiz algo errado ontem, se avancei o sinal muito cedo. Quando você gritou eu fiquei realmente preocupado.

- Você não fez nada errado, eu prometo. Acho que eu estava há muito tempo sem ter intimidade com outra pessoa. Eu não sei explicar, acho que eu tive algum gatilho emocional e perdi a cabeça por um momento. Eu juro que queria muito ficar com você, ainda quero.

- Me desculpa, mesmo assim?

- Eu que te peço desculpas. Prometo que isso não vai se repetir. Obrigada por ser tão compreensivo e preocupado comigo. Não é à toa que me apaixonei tão fácil. Você sabe que eu gosto muito de você, não é?

- Eu também gosto muito de você, Sara, até demais.
- Que bom. Vou deixar você descansar. Boa noite e bons sonhos.
- Se pudesse escolher, sonharia com você, minha linda namorada.
- Eu também. Já sonho acordada o dia inteiro.

Depois que nos despedimos, fiquei um tempo tentando dormir, pois estava pensando em como eu resolveria toda essa bagunça na minha cabeça. Pela manhã eu me olhei no espelho e decidi que não deixaria aquele pesadelo me afetar novamente. Logo cedo marquei terapia e fui para o trabalho tentando relembrar de todo o processo que me fez melhorar. Precisaria ter forças caso eu encontrasse o Alex. Tive sorte e não o vi naquele dia, pois ele tinha muitas reuniões externas agora que ocupava um cargo maior na empresa. Ele voltou justamente porque ofereceram a ele uma promoção. Como sempre, ele conseguia tudo de mão beijada. Fiz um esforço enorme para não dar de cara com ele o dia todo e continuei assim, correndo do trabalho, todos os dias daquela semana. Quando eu o via de longe, já dava um jeito de fugir.

Estava me sentindo muito cansada fisicamente, mas o pior era a fadiga mental. Eu e minha psicóloga estávamos retomando as nossas conversas, mas o fato de eu ter largado o tratamento no meio foi prejudicial. A volta de Alex trouxe tudo à tona, por isso eu ainda precisava me fortalecer. Teria que voltar ao psiquiatra novamente para tentar amenizar a minha ansiedade. Precisava me preparar para contar tudo para o Eric, pois ele sentia que eu estava estranha. Até eu estar pronta para conversar, teria que tentar disfarçar que estava bem.

No final de semana, mais uma vez nos encontramos, só que agora no apartamento dele, que era muito mais organizado que o meu. Não era muito maior, mas tinha uma varanda com uma vista maravilhosa. Perto de uma janela, ficava um piano vertical pequeno e antigo. Claro que ele sabia tocar piano, afinal ele preenchia todos os pré-requisitos de príncipe encantado. Eu tinha me arrumado um pouco mais, coloquei um vestido bem romântico e estava me sentindo bem. Ele fez um jantar maravilhoso, mil vezes mais gostoso do que o que cozinhei. Sua família é da Coréia do Sul e ele sabia cozinhar pratos incríveis que eu nunca tinha provado. Finalmente pude experimentar o delicioso e apimentado kimchi. Bebemos soju, uma bebida típica de lá que é muito gostosa e tem um teor alcoólico bem alto, o que me ajudou a relaxar um pouco. Nós conversamos muito sobre os planos dele de fazer mais cursos para focar na edição de filmes. Seus olhos brilhavam quando ele falava nisso. Eu estava esgotada de ter me estressado durante a semana toda e triste por estar escondendo tudo dele, mas tentei focar na felicidade que era estar com ele.

Depois do jantar, a meu pedido, ele tocou piano. Foi lindo observar suas expressões e a sua concentração tocando. Ele ficou extremamente sensual movendo seus dedos suavemente pelas teclas. Me deixei envolver pela música que era linda e esqueci brevemente tudo de ruim que estava acontecendo. Fechei os meus olhos e imaginei os seus dedos tocando o meu corpo como se estivessem no ritmo da música. Seu toque era gentil e quente. Fiquei arrepiada da cabeça aos pés e sem perceber soltei um gemido baixo de satisfação. Quando abri os olhos ele estava me encarando sedento. Sem falar nada ele se aproximou de mim e me beijou, me segurando firme contra o seu corpo. Eu certamente provoquei essa reação nele quando deixei claro que estava sonhando acordada com aquilo. Só que mais uma vez eu comecei a me sentir em pânico quando ele avançou um pouco mais com os seus beijos. Pelo menos eu não gritei como da outra vez.

Percebi que ele estava muito cuidadoso e que notou que eu estava nervosa. Ele me abraçou e falou que não tinha pressa. Eu fiquei agradecida por ele estar me tranquilizando, porém se ele não tinha pressa, eu claramente tinha. Eu queria o seu beijo, seu abraço, seu toque, queria me sentir normal novamente e me unir a ele de todas as formas possíveis, mas só de pensar nisso já ficava com medo. Fiquei na casa dele até tarde, mesmo tendo ficado triste com a situação. Como sempre, ele não demonstrou estar chateado. Quando cheguei em casa chorei sozinha enquanto pensava em tudo que havia acontecido. Eu estava com o Eric a pouco tempo, mas sabia que o amava. Pela primeira vez eu tinha certeza sobre amar alguém. O problema era que eu sentia que o meu trauma e a presença do Alex iriam atrapalhar tudo.

O Eric não mudou em nada comigo, mas eu estava me sentindo pior a cada dia. Até que cheguei no meu limite de estresse. Tanto que eu não consegui escapar do Alex quando ele me encurralou em uma sala onde ficamos sozinhos. Ele trancou a porta e disse que eu não iria fugir mais dele. A minha vontade era gritar desesperadamente quando ele começou a se aproximar de mim, mas o meu corpo congelou. Ele começou uma conversa manipuladora e sem sentido, como sempre fazia.

- Sara, por que você está fugindo de mim? Eu senti tanto a sua falta. Como você me ignorou esses dias eu acabei ficando com a minha assistente nova, mas ela não tem a mesma graça que você. Você é diferente das outras. Por que você está me ignorando assim?

- Eu não tenho mais nada com você, Alex. Não quero ter nunca mais.

- Por quê? A gente dava tão certo. Eu não te fazia feliz? Você parecia gostar. Fiquei sabendo que você está namorando. Aposto que não vai durar. Ninguém vai te satisfazer como eu.

Eu não podia acreditar que estava ouvindo aquelas palavras nojentas. Ele estava tão perto que eu pude sentir sua respiração tenebrosa em mim. Meu estômago embrulhou e o meu corpo todo tremia de raiva. Eu queria chorar e gritar, mas não conseguia fazer nada. Me odiei tanto por não conseguir reagir.

- Sarinha, o que foi? Você está assustada? Até parece que sou um monstro.

- Você é.

- Que isso, minha gatinha. Você dizia que estava apaixonada por mim. Isso faz de você o que? Você se faz de boazinha, mas no fundo você gosta do meu jeito. Acho bom você terminar logo com esse namoradinho e voltar comigo.

- Me deixe em paz.

- Você vai voltar a ser minha mais cedo ou mais tarde. Não quero a minha mulher andando com outro por aí.

- Você é louco.

- Se você não terminar com ele, você acha que vou deixar vocês em paz? Acha que vai conseguir manter seu emprego? Eu sou seu superior. Tenho mais poder do que nunca agora.

- Você está me ameaçando?

- Claro que não, eu vou sempre cuidar de você, não se preocupe. Desde que você não fique de gracinha por aí.

- Me largue agora. Se você não me largar, eu vou gritar.

Por sorte alguém tentou abrir a porta e ele me deixou ir. Eu consegui pelo menos falar para ele que ia gritar, mesmo que não tivesse a certeza de que iria conseguir. Todo o pânico que eu senti naquele dia horrível há um ano parecia ter voltado nesse momento. Ele não parecia ser esse sádico no começo do nosso namoro. Como eu não percebi que ele era tão perverso? Eu não conseguia parar de pensar em como eu fui fraca por ter sido enganada por ele desse jeito. Fiquei muito assustada com as ameaças dele. Saí quase correndo do prédio. Não queria ir para a casa, pois ele poderia me seguir. Não podia pedir ajuda para o Eric naquele momento. Se ele me visse daquele jeito, não entenderia nada. Sabia que não teria forças para explicar tudo para ele naquele momento, pelo menos não como gostaria. Tive medo de assustá-lo e de perdê-lo.

Só consegui pensar em um lugar, ou melhor, em uma pessoa, o Leonardo. Eu não havia contado nada para ele sobre o Alex porque ele ficaria muito nervoso e poderia correr atrás dele querendo se vingar. Na verdade, ninguém sabia de nada além da minha psicóloga. Aquele momento tinha sido a última gota d 'água e eu precisava do meu melhor amigo. Ele estava perto finalmente, então corri para a casa dele sem avisar e toquei a campainha. Quando ele abriu a porta, já perguntou se estava tudo bem comigo. Só bastou essa frase para que eu caísse no choro. Ele literalmente me pegou no colo e me levou para dentro. Chorei ao lado dele durante muito tempo. Ele esperou eu me acalmar, sem perguntar nada, como eu sabia que faria e por isso fui até ele.

Depois que eu consegui parar de chorar, ele me mandou tomar um banho para relaxar e me deu uma roupa dele para vestir. Eu já consegui me sentir um pouco melhor só de não sentir mais o cheiro de Alex em minhas roupas. O perfume do meu melhor amigo era reconfortante. Quando voltei para a sala, o Leo me entregou uma colher e um pote de sorvete. Para ele os doces eram sempre a melhor solução para qualquer situação. Ele se sentou cuidadosamente ao meu lado e pegou na minha mão com muito carinho.

- Sara, quem fez você chorar desse jeito? Nunca vi você assim.

- Meu chefe. Na verdade meu ex-namorado e meu superior no trabalho.

- Não sabia que você tinha namorado alguém do trabalho.

- Ninguém sabia. Por isso não sei se a palavra namoro é correta. Ficamos juntos durante cinco meses. Depois que terminamos ele ficou praticamente um ano fora, em outra filial, mas agora voltou de vez.

- E o que ele fez para te deixar assim?

- Aconteceu algo ruim quando estávamos juntos. A gente namorava escondido, porque eu era sua assistente e ele tinha medo de alguém me demitir. Era o que ele dizia, mesmo havendo outros relacionamentos parecidos na empresa. Como ele afirmava que estava me protegendo, eu aceitava. Depois de um tempo, eu comecei a ficar incomodada com isso, eu não queria mais manter segredo. Foi quando ele mudou. Começou a ficar cada dia mais abusivo e controlador. Tentei terminar com ele algumas vezes e ele sempre me convencia do contrário. Até que um dia eu tomei coragem e me mantive firme na decisão, então consegui terminar tudo. Com isso ele passou a correr atrás de mim. Me seguia até em casa e me ameaçava.

- Meu Deus, esse cara é perigoso.

- Ele não parecia ser no início. Eu já me culpei muito por não ter percebido, mas ele fingia muito bem. Todos no trabalho amam ele.

- E ele fez algo com você?

- Infelizmente, sim. Um dia ele me convenceu a deixá-lo entrar no meu apartamento para conversarmos. Depois que ele entrou, eu vi que ele estava um pouco bêbado e então ele começou a partir para cima de mim. Ele me atacou e me beijou a força. Eu tentei empurrá-lo ou bater nele, mas nada adiantava. Comecei a chorar e ele se acalmou, mas me pediu para que eu ficasse com ele uma última vez. Eu disse que não, mandei ele embora, tentei reagir, mas ele me dominou com uma frieza impressionante, parecia outra pessoa. Ele começou a me tocar e eu fiquei paralisada de medo. Consegui pensar que pelo menos eu tinha que obrigá-lo a usar preservativo, não queria ter que lidar com uma gravidez depois daquela situação. Consegui abrir a boca para falar a palavra preservativo. A minha voz saiu fraca, mas ele ouviu. Ele disse que era muito melhor sem camisinha, que tinha que ser especial se era nossa última vez. Eu chorei muito, mas ele ignorou. Ele foi muito bruto comigo, tanto que eu fiquei com alguns machucados no corpo.

- Eu vou matar esse canalha.

- Eu que quis morrer. Fiquei pensando se o fato de ter ficado parada poderia ser visto como um consentimento da minha parte. Não consegui falar mais nada quando ele começou, eu já estava sem energia, fui fraca. Somente consegui pedir para que ele usasse proteção porque a ideia de ter um filho com esse monstro era assustadora. Mesmo assim ele não usou.

- Sara, isso foi abuso sexual, não teve consentimento e não foi sua culpa. Eu vou acabar com esse cara. Além de ter feito isso tudo, ele ainda fez você se sentir culpada e fraca. Isso é um absurdo. Me diz quem ele é.

- Por isso não te contei antes. Sabia que você ia reagir assim.

- Claro, como poderia reagir de outra forma? Vamos à polícia. Quando foi isso? Você já fez a denúncia?

- Já faz mais de um ano, Leo. Eu estava em um relacionamento com ele antes do que aconteceu. Deixei-o entrar na minha casa. Falei que ele deveria colocar preservativo. Na época o meu argumento parecia fraco e eu não me senti forte o suficiente para enfrentá-lo. Eu estava com medo e com muita vergonha. Já sabia que eu precisaria contar tudo com muitos detalhes para alguém acreditar em mim e eu não queria reviver tudo o que aconteceu. Eu fiquei completamente perdida, então não fui à polícia.

- Eu sinto muito. Eu não sei como você enfrentou tudo isso sozinha.

- Eu não fui ao trabalho no dia seguinte, depois juntei alguns atestados com as férias que já estavam marcadas. Não queria esbarrar com ele, então fiquei afastada até melhorar um pouco. Procurei terapia e consegui pelo menos contar para a psicóloga o que aconteceu. Ela tentou me ajudar a denunciar, mas eu só queria esquecer tudo. Nesse meio tempo, ele pediu transferência para outra cidade. Achei que não fazia mais sentido denunciar ou falar para as pessoas. Quis deixar tudo para trás. O problema é que ele voltou agora.

- Ele voltou hoje? O que ele fez? Ele te estuprou de novo?

A palavra estupro pareceu ainda mais assustadora vindo da boca do Leo. Ele tremia de raiva e parecia estar sofrendo muito com o que eu estava contando. Eu também estava muito mal e não queria piorar ainda mais a situação. Precisava me recompor e tinha que acalmá-lo primeiro.

- Não, ele não me machucou. Eu estou bem, só estou assustada. Fiz um longo tratamento para tentar superar tudo o que aconteceu. Achei que estava melhor, só não contava que ele iria voltar. Acho que encontrá-lo fez os meus sentimentos ruins voltarem. Já estava mal desde o dia que ele apareceu pela primeira vez. Você deve lembrar, foi no dia da sua mudança.

- Era por isso que você estava triste naquele dia? Eu sinto muito, me perdoa por não saber e não estar ao seu lado. Sou um péssimo amigo. Se eu soubesse. Se eu estivesse aqui por perto.

- Leo, você não tem culpa de nada. Não tinha que ter feito nada, nem tem que fazer agora.

- Você não deveria ter passado por isso. Se eu tivesse tido coragem de assumir meus sentimentos mais cedo a gente poderia estar juntos e nada disso teria acontecido.

- As coisas aconteceram como tinham que acontecer, Leo. Eu tenho sorte de ter você como amigo para me ajudar nesse momento.

- Queria ter estado ao seu lado desde o início. Eu sou assim tão inacessível? Por que você não me falou nada?

- Você estava no hospital com o seu pai na época que isso aconteceu. Eu não podia te contar, se não você ia querer sair correndo de lá e poderia fazer alguma loucura. Sua cabeça já estava cheia. Depois eu fiquei um bom tempo sem conseguir falar nisso. Eu achei que estava bem, até desenvolver sintomas de transtorno de estresse pós-traumático e ter que fazer tratamento. Estava envergonhada demais para contar para meus pais ou para você.

- Nem seus pais sabem? Você estava realmente sozinha esse tempo todo. Isso me destrói. Eu queria tanto ter ajudado.

- Me desculpa, Leo. Foi muito difícil para mim. Ele fez aquilo tudo comigo e eu fiquei tão esgotada que acabei dormindo nos braços dele, como se fôssemos um casal. Me odiei por isso. Por sorte, quando eu acordei ele não estava mais lá. Eu acho que olhou os objetos quebrados pela casa e ficou com medo da possível denúncia. Tanto que, logo depois, ele pediu transferência. Tomei um banho ainda tremendo e me veio na cabeça a possibilidade de gravidez, então corri para a farmácia para comprar a pílula do dia seguinte. Foi quando eu vi o Eric pela primeira vez.

- Foi nesse dia horrível que vocês se conheceram?

- Na verdade, a gente só trocou algumas palavras naquele dia. Você sabe a história. Na época, a minha bizarra fixação nele e na ex-namorada dele até me ajudou a esquecer um pouco o que tinha acontecido comigo.

- Ele sabe?

- Não, eu não consegui contar para ele ainda. Tenho medo do que ele vai pensar.

- Se ele pensar ou falar algo que não seja que quer destruir esse cara, ele não te merece.

- Você sempre fala de partir para a violência, por isso demorei a te contar. As coisas que ele me disse hoje me deixaram com tanto medo. Eu não sabia para onde ir. Quando lembrei que você estava por perto, vim correndo.

Ele me abraçou forte e choramos juntos. Depois contei sobre o que o Alex havia feito naquele dia. Nem consegui contar tudo, porque o Leo só me pedia que eu fosse à polícia ou que deixasse ele ir atrás de Alex. Tive que convencê-lo a não fazer nada. Eu iria pensar em uma forma de resolver isso, só não queria fazer isso naquele dia. Nesse momento o Eric me ligou. Provavelmente ele estava preocupado, pois passei o dia sem responder as mensagens dele. Não atendi a ligação, já que seria mais fácil mentir por mensagem. A minha voz de choro também seria difícil de disfarçar. Falei para ele que tinha que resolver algumas coisas do trabalho e depois iria dormir. Pedi desculpa, mas disse que estava muito cansada para conversar. O Leo parecia ansioso aguardando para falar comigo novamente.

- Você não vai contar para ele?

- É complicado. Não sei nem como eu consegui falar disso com você. Fora que aconteceu uma coisa entre a gente esses dias, mas não é legal eu falar disso com você.

- Hoje você me procurou como seu melhor amigo, não foi? Pode falar o que quiser. Eu vou segurar o meu ciúme.

- É que eu fiquei com alguns traumas depois do que aconteceu com o Alex. Eu não conseguia ir a lugares lotados com homens que poderiam se aproximar de mim. Se eu via algum homem na rua eu tinha medo de estar sendo perseguida, então comecei a não sair mais sozinha. Tive medo de várias coisas desse tipo. Eu melhorei bastante depois do tratamento. Depois de alguns meses eu consegui diminuir a frequência das sessões e não estava mais tomando o remédio para ansiedade. Só que acabei largando a terapia porque me fiz acreditar que estava bem e que deveria virar a página. O problema foi que durante esse tempo todo eu não tinha me relacionado com ninguém, mas agora estou namorando.

- Ele está te pressionando para fazer algo que você não quer?

- Não, pelo contrário. A gente está saindo a pouco tempo, mas estamos muito grudados. Ele está sendo super respeitoso.

- Pelo menos isso.

- Só que começamos a ter um pouco mais de intimidade, naturalmente. O problema é que quando eu penso que podemos avançar um pouco mais, o meu corpo entra em pânico. A primeira vez que ele foi na minha casa, ele tentou levemente subir um pouco a minha blusa e eu já dei um grito. Corri para longe sem nem pensar. Tenho a impressão de que não vou conseguir me aproximar dele como eu gostaria, pelo menos não sem resolver o problema com Alex antes.

- Não sei nem o que te falar, não consigo ser imparcial nesse assunto e estou com tanta raiva desse Alex, de tudo o que aconteceu. Não é exatamente ciúmes, mas a minha vontade é te falar para terminar tudo com o Eric e me deixar cuidar de você. Sinto muito, estou com a cabeça quente.

- Eu também já tive muita raiva. Eu estava melhorando, até que ele apareceu novamente. Eu não sei como contar tudo para o Eric.

- Se ele gosta de você realmente, ele vai entender e te ajudar.

- Ele já foi super compreensivo, mesmo sem saber de nada. Fala sempre que não tem pressa. Só que eu estou com medo de perdê-lo. Eu gosto muito dele e nunca me senti assim. Desculpa te falar isso.

- Eu sei que você está gostando dele. Acho que ele também gosta muito de você. Apesar disso tudo, hoje você veio falar comigo e não foi até ele. Isso não quer dizer nada?

- Eu te conheço desde pequena, você é a pessoa que sabe tudo sobre mim ou pelo menos quase tudo. É natural eu te procurar, não é? Eu também estou com medo do Alex fazer algo com o Eric. Depois das coisas que ele falou, percebi que ele é completamente maluco. Ele me ameaçou e quer que eu termine meu namoro.

- A gente tem que fazer alguma coisa. Como você vai trabalhar desse jeito?

- Vou tentar fugir dele o máximo possível. O pior de tudo foi saber que ele está se relacionando com a nova assistente dele e o mesmo pesadelo que aconteceu comigo pode acontecer com ela.

- Sara, você precisa falar com alguém no seu trabalho sobre ele.

- Estava pensando em falar com o RH. A chefe de lá é mulher e parece ser bem discreta, então vou pedir orientação dela.

- Ele tem que ser demitido. Você não está em condições de prolongar isso. Esse psicopata não pode ficar perto de você.

- Vou tentar. Obrigada, Leo. Eu precisava desabafar e você foi ótimo comigo, como sempre.

- Não fiz nada. Queria fazer mais.

- Quero te pedir para não fazer nada. Eu só queria ter alguém para conversar sobre isso. Não faça nada e não conte para ninguém, por favor. Muito menos para os meus pais. Promete?

- Vou tentar.

Eu estava muito cansada, então encostei a minha cabeça no ombro do Leo e dormi. Talvez para ele fosse difícil essa proximidade, mas eu estava esgotada demais para pensar nisso. Quando acordei, estava na cama dele. Fui até a sala e o vi dormindo no sofá. Olhei para ele com tanto carinho que tive vontade de chorar. Eu o amava, mas não como ele queria. Por um momento pensei que seria mais fácil se eu gostasse dele de verdade, não como um irmão ou um amigo. Ele era lindo, gentil e engraçado. Já sabia tudo sobre mim. Só que eu não conseguia mais me imaginar ficando com outra pessoa que não fosse o Eric.

Sabia que o Eric estaria preocupado comigo, porque a gente sempre conversava bastante, por mais cansada que eu estivesse. Mandei uma mensagem para ele com a desculpa esfarrapada de que estava com muita cólica na noite anterior e tinha ido dormir cedo. Como os homens não sentem isso, eles sempre evitam falar sobre o assunto. Parecia ter dado certo. Tinha saído correndo do trabalho sem avisar ninguém no dia anterior, então teria que usar a mesma desculpa lá. Não sabia como eu iria conseguir lidar com tudo isso, mas pelo menos agora eu tinha o Leo para conversar.

CAPÍTULO 8 - O VALOR DA MINHA PALAVRA

Acho que consegui disfarçar bem e normalizar as coisas no trabalho e com o Eric. Estava empenhada na tarefa de fugir de Alex. Marcava reuniões externas sempre que possível. Comecei a chegar mais cedo, a almoçar rapidamente na minha mesa para evitar sair nos corredores no horário de almoço, fazia de tudo para ganhar tempo e sair de lá o quanto antes. Enquanto isso, o Leo me pressionava para contar tudo para meus chefes, mas eu estava tentando tomar coragem aos poucos.

O Eric continuou sendo romântico e cuidadoso comigo, mas acho que notou que eu estava cada vez mais retraída. Comecei a marcar nossos encontros em lugares em que não pudéssemos ter tanta intimidade. Quando eu estava com ele, sempre tinha medo de ter uma crise. Toda vez que me despedia dele, eu me sentia culpada. Queria contar tudo para ele, mas ainda não estava pronta. Por sorte, ele estava muito ocupado no trabalho e tinha começado a fazer outro curso que era importante para os seus planos. Resolvi me esforçar para me fortalecer e superar os meus medos.

Enquanto estava no trabalho, o meu foco, além de fugir do Alex, era tentar descobrir em quem eu poderia confiar para me abrir sobre o que aconteceu. Eu já tinha pensado em conversar com a Alice, chefe do RH. Coincidentemente ela me procurou primeiro, pois precisava falar comigo sobre um problema com o treinamento que eu havia solicitado. Eu resolvi aproveitar e falar sobre o Alex. Eu tinha que resolver isso o mais rápido possível. Uma vez o Eric me disse algo sobre o destino já ter feito a sua parte. Percebi que na situação em que eu estava eu precisava tomar uma atitude rapidamente.

Não sabia como começar a conversa, então provavelmente contei tudo de forma muito confusa, mas ela estava sendo muito atenciosa. Parecia estar sendo empática com o que aconteceu comigo. O problema foi quando ela soube quem era o meu ex-namorado. Ela mudou completamente a sua postura. Falou que o Alex é uma pessoa muito séria, um homem educado e um profissional extremamente valioso para a empresa. Eu senti que a conversa não acabaria bem. Foi quando ela fez as piores perguntas possíveis.

- Você tem certeza de que foi assim que tudo aconteceu, Sara? Será que você não estava embriagada no dia e confundiu as coisas? Logo o Alex. Ele não faria isso.

- Sim, eu tenho certeza. Eu não bebi nada no dia, também não achava que ele era assim, mas ele é capaz de coisas terríveis.

- Acho que vocês podem ter tido uma briga e se desentenderam, mas é normal isso acontecer entre os casais. Você disse que ele parecia embriagado, então pode ter sido efeito da bebida. Se você bebeu também provavelmente não estava bem, pode não ter entendido a situação corretamente.

- Eu já disse que eu não tinha bebido e que nós já não éramos mais um casal. Mesmo se fôssemos, isso não importaria. Ter um relacionamento sério com ele não daria o direito dele fazer o que fez. Ele me estuprou.

- Eu entendo você, os homens podem ser muito brutos nesses momentos de paixão. Se foi assim, por que você não procurou a polícia na época? Você não era uma vítima de abuso sexual?

- Eu não tive coragem, fiquei muito mal e tive que buscar terapia. Eu estava bem nos últimos meses, mas ele está me ameaçando agora que voltou. Não consigo viver assim.

Está me prejudicando no trabalho também. Eu preciso da ajuda de vocês.

- O problema, como eu falei anteriormente, é que ele é muito importante para a editora. É complicado acusá-lo sem provas. Ele deve ter a versão dele e você tem a sua. Fora que isso ocorreu na esfera pessoal da vida de vocês. No trabalho nós não temos queixas.

- Isso é sério? Ele está me ameaçando aqui no trabalho. Disse que vai usar seu poder para me demitir se eu não fizer o que ele mandar.

- Imagino que isso nem seja possível, mas vou tentar te ajudar. O que posso providenciar para facilitar sua rotina de trabalho? Esse é o meu papel.

- Eu quero a demissão dele.

- Demissão? Você não está exagerando? Não tenho como indicar aos meus superiores a demissão de um colega tão prestigiado somente acreditando na sua palavra. Você entende que a situação é muito complicada para você também? Imagina a exposição com todos falando da sua vida pessoal. Eu estou tentando proteger a sua imagem também.

Eu travei nesse momento, não consegui falar mais nada depois de ouvir tantos absurdos. Ela duvidou tanto de mim que eu perdi as forças. Lutei muito para estar nesse emprego, mas estava profundamente desapontada com tudo. Nunca imaginei que uma mulher poderia ser tão machista e retrógrada. Saí de lá e fui me esconder no banheiro me segurando para não chorar. Era muito triste saber que a minha palavra não valia nada.

Contei para o Leo como tinha sido a conversa e ele ficou enfurecido. A situação estava ficando cada vez pior. Além de tudo isso, eu sabia que não poderia encontrar com o Eric, pois ele havia viajado por causa do trabalho. Eu estava precisando contar tudo para ele urgentemente, mas não tinha como fazer isso por telefone. Só me restava esperar ele voltar. A gente conversou por videochamada e ele percebeu a minha tristeza.

Ficou chateado por estar longe e tentou descobrir o que estava acontecendo, mas eu tive que mentir e dizer que era só um problema normal no trabalho. Ele foi extremamente carinhoso comigo e ficamos conversando até eu cair no sono. Mesmo sem saber de nada ele sempre conseguia me ajudar a me sentir melhor. Ele era realmente o namorado perfeito, só que eu sentia cada vez mais que não merecia estar ao lado dele.

Logo que eu cheguei ao trabalho no dia seguinte o Alex veio em minha direção e eu sabia do que ele falaria comigo. Pela cara de bravo dele, com certeza a Alice tinha conversado com ele. Olhei para todos os lados buscando uma saída e vi que não tinha por onde escapar. Ele me pressionou contra a parede e falou muito perto do meu rosto.

- Fiquei sabendo que você foi contar mentiras absurdas para a Alice. Sorte que ela me conhece há anos e não acreditou em nada. Você está tão desesperada assim para conseguir uma promoção que quer puxar o meu tapete? É mais fácil você voltar comigo. Eu te ajudo a subir na vida.

- Me deixe ir.

- E eu estou te prendendo? Você gosta de inventar histórias, não é?

- Não vou falar mais nada para ninguém.

- Claro que não vai. É a sua palavra contra a minha. Quem você acha que ganha essa batalha?

- Você é nojento.

- Você acha que seu namoradinho novo é melhor do que eu? Fiz uma pesquisa sobre ele, sei inclusive que ele não está na cidade agora para te proteger. Você não sabe, mas eu consigo acabar com a carreira dele com duas ligações. Se você não terminar com ele, posso fazer isso e resolver tudo facilmente. Então, se eu fosse você, eu pensava melhor antes de falar.

- Deixe o Eric em paz.

- Ele está brincando com o brinquedo de outra pessoa. Você tem sorte que não sou violento, se não ele já estaria no hospital.

Eu fiquei com tanta raiva que consegui empurrá-lo e saí correndo. Ele tinha claramente ameaçado o Eric, tanto o seu trabalho quanto a sua vida. Essa história estava indo longe demais. Eu não podia nem me imaginar estragando a vida do Eric dessa forma. Só de pensar nele sendo mandado embora ou se machucando por minha causa eu entrava em pânico. O problema era que eu sabia que não tinha como lutar contra o Alex. Pensei em várias alternativas e não consegui encontrar nenhuma diferente do que iria me causar mais dor. Eu precisava terminar tudo com o Eric. Também precisava sair do meu emprego e ir embora para o mais longe possível do Alex, antes que fosse tarde demais.

CAPÍTULO 9 - COMO ESTRAGAR TUDO

Comecei a preparar a minha estratégia de fuga. Primeiro eu tinha que mandar currículo para qualquer empresa fora da cidade. Precisava decidir para onde ir e arrumar tudo o mais rápido possível. Depois eu tinha que terminar com o Eric, antes que o Alex fizesse algo com ele. Essa era a parte mais difícil. Terminar com ele seria cruel para mim também. Eu não sabia como conseguiria mentir, mas precisava afastá-lo de mim. Se eu contasse a verdade, ele não me deixaria ir embora.

Quando o Eric voltou de viagem ele pediu para me ver e disse que estava morrendo de saudade. Eu também estava, tanto que meu coração doía. Não imaginava como eu conseguiria terminar com ele. Como falaria que não queria ver o seu rosto nunca mais? Será que ele acreditaria na mentira? Adiei o nosso encontro para o outro dia dando uma desculpa esfarrapada, pois precisava me fortalecer e planejar o que falar. O dia passou lentamente e eu estava muito nervosa. Era impossível me preparar para esse momento tão devastador. Marcamos de nos encontrar em um restaurante, porém quando eu estava saindo do trabalho eu o vi me esperando do lado de fora da empresa. Quando eu comecei a andar em direção à saída, o Alex apareceu do nada. Ele puxou o meu braço e me levou para um canto escondido. Ele estava muito irritado, falou que estava ficando sem paciência, que ia resolver tudo por mim se eu não fizesse nada logo e me deu um beijo asqueroso forçando a sua boca contra a minha. Eu o empurrei e saí dali correndo. Naquele momento eu estava realmente assustada. Ele era completamente maluco. Eu precisava terminar tudo com o Eric e não tinha mais tempo para esperar. Quando cheguei perto dele, tentei disfarçar que estava tremendo e segurei o meu choro.

- Eric, o que está fazendo aqui?

- Surpresa! Não aguentei esperar mais nenhum segundo.

- Eu falei que era melhor a gente se encontrar lá. Não quero que minha vida pessoal atrapalhe meu trabalho.

- Me desculpe. Eu não sabia que poderia te prejudicar. A saudade era tanta que não resisti, minha linda.

- Me leve para casa, por favor. Nós precisamos conversar.

- Para casa? Não vamos jantar? Está tudo bem?

- Não, não estou bem. Eu estava esperando você voltar para falar disso pessoalmente.

- Vamos, então, mas primeiro me dê um abraço. Senti tanto a sua falta.

Ele me abraçou e eu fiquei paralisada, não sei como eu não desabei completamente e não cai em prantos. Sentir o seu corpo perto do meu quase me fez desistir de todo o meu plano. Fiquei tentando memorizar a sensação do seu abraço e o seu cheiro, como se quisesse guardar um pouco para depois. Quando ele me largou, sorriu para mim com aquele sorriso que costumava entrar na minha vida como um raio de sol. Minha vontade era fotografar aquele momento com os olhos para nunca mais esquecer. Ele me deu um rápido beijo, tocando gentilmente os seus lábios nos meus. A minha boca tremeu de vontade de chorar e eu quis o prender ali para sempre. Depois ele abriu a porta do carro para mim e vi que a expressão do seu rosto mudou, ele demonstrou estar preocupado. No caminho ele quis conversar, mas eu não conseguia falar nada, então aumentei o volume do rádio. Estava me segurando muito para não chorar. Eu achei melhor esperar até chegarmos no meu prédio, assim eu poderia correr e me esconder logo depois de falar com ele. Se ele tivesse tempo para conversar comigo, poderia perceber que eu realmente não queria terminar tudo. Quando ele estacionou, pegou a minha mão gentilmente. Sua mão estava quente e a minha extremamente gelada. Ele levou a minha mão até a boca dele e soprou com muito carinho como se quisesse me esquentar. Nesse momento o meu coração se partiu em mil pedaços.

- Sara, você está bem? Eu fiz algo de errado?

- Não, eu estou péssima. Não sei como ter essa conversa.

- Você pode falar o que quiser, vou te respeitar.

- Quando eu te conheci eu não queria um relacionamento, você sabia disso. Me desculpe por ter prolongado isso por tanto tempo. É que eu achei que ia conseguir mudar por você, mas não consigo. Eu preciso focar em mim e na minha carreira.

- Tudo bem, eu entendo. Eu também estou tentando dar outro rumo para a minha carreira, você sabe. Foi muito difícil deixar você aqui e viajar, mas eu achei que você entenderia. Me desculpe.

- Não foi sua viagem, aliás esse tempo foi bom porque pude organizar os meus pensamentos. Não sei por que achei que conseguiria namorar alguém nesse momento.

- Se eu estou te atrapalhando eu prometo te dar mais espaço. Sua carreira é muito importante. Vamos pensar numa solução juntos.

- Não adianta, já tomei a minha decisão. O problema sou eu. Não sei fazer tudo isso ao mesmo tempo. Estou sem foco no trabalho. Tive vários problemas que não te contei. Nesses dias que você estava viajando eu pude perceber isso. Não posso mais continuar perdendo tempo namorando. Tenho medo de acabar prolongando algo que não vai dar certo. Você também precisa pensar no seu futuro, então é para o seu bem também.

- Você é o meu futuro. Não ligo para mais nada. A gente tem tudo para dar certo. Por que você está falando assim? Foi algo que eu fiz?

- Não, você é perfeito, até demais. Não sei lidar com isso. Está me sufocando. Sinto que não posso ser eu mesma. Me deixe ir, por favor. Não tente mais falar comigo.

- Estou te sufocando? Não era a minha intenção. Você não gosta mais de mim?

- Você sabe que não estou conseguindo avançar no nosso relacionamento. O problema sou eu. Meu sentimento mudou, não sei explicar. Me desculpe, não quero te magoar, mas é melhor que isso acabe logo antes que alguém se machuque.

- Você deve estar confusa. Eu sei que o que você sente por mim é verdadeiro. Eu vou dar o tempo que você precisa, mas pense melhor sobre nós dois, por favor. Não quero te perder.

- Eu já pensei. Agora o Leo está aqui também. Ele é tudo o que eu preciso. Não quero um romance, já tenho o meu melhor amigo. Se um dia eu quiser um namorado ele está disponível, é mais fácil. Espero que você encontre alguém que te mereça e seja muito feliz. Me esqueça, é o melhor que pode fazer.

- Impossível, você é irresistível, lembra? Achei que o meu superpoder era real, mas você está me dizendo não agora.

- É para o seu bem. Vou embora. Me desculpe. Não vamos mais nos ver, tá bom?

- Sara, isso não faz sentido, estávamos tão bem. Eu vou te respeitar, mas vou te esperar. Espero o tempo que for preciso.

- Por favor, só me deixe ir.

Saí do carro tentando não correr, mas as minhas pernas não obedeceram e sai em disparada. Logo que entrei no prédio desabei a chorar. Ver o rosto dele enquanto eu falava tudo aquilo foi mais difícil do que eu imaginava. Algumas coisas que falei eram realmente verdade, mas outras eu sei que o fiz entender tudo da pior forma possível. Era para o bem dele, ele poderia se machucar ou no mínimo prejudicar a carreira dele. Só que o meu sentimento não mudou, aliás pode ter mudado, só que para amá-lo ainda mais. O Leo não era tudo para mim, mas agora o Eric poderia pensar que eu estava me apaixonando pelo meu melhor amigo. Eu não queria chegar nesse ponto, mas tive que insinuar isso. A última coisa que eu queria era magoar o Eric, mas era o único jeito de ele aceitar. Eu não podia colocá-lo em risco, não tinha esse direito. Além disso, eu estava completamente destruída por dentro e ele não merecia alguém tão danificada assim. Foi a conversa mais difícil da minha vida. O Alex estava tirando de mim a melhor chance de ser feliz que eu já tive. Eu sentia que nunca superaria esse término.

O Eric ficou um tempo estacionado embaixo do meu prédio, como se estivesse sem condições para seguir em frente. Depois ele mandou várias mensagens. Ficou até tarde tentando falar comigo. Eu chorei aquela noite toda. Olhava as nossas fotos, lia nossas mensagens e ouvia seus áudios para escutar sua voz mais uma vez. Só queria ter pelo menos dado mais um beijo nele, mas não tive coragem. No dia seguinte eu faltei ao trabalho e ele foi cedo ao meu prédio. Interfonou várias vezes para tentar subir e me ligou sem parar. Ele parecia estar muito mal. Não sei como consegui me segurar, acho que o medo do Alex era muito grande. Mesmo sabendo que era para o bem do Eric, eu me senti a pior pessoa do mundo. Tive que pegar um atestado não só para fugir de todo mundo, mas porque me sentia realmente doente, como se não fosse sobreviver depois do que tinha acontecido.

Nos dias que se passaram ele me ligou seguidamente e mandou várias mensagens. Ele também foi ao meu trabalho no final do expediente algumas vezes. Eu voltava para dentro do prédio e me escondia como a covarde que eu era. Cheguei até a pedir que o Leo começasse a ir me buscar no escritório. Seu apoio era o que estava me segurando. Ele estava sabendo de quase tudo, menos que eu tinha planos de ir embora. Ele sabia que eu tinha terminado o meu namoro por causa do Alex, mas no fundo acho que ele criou expectativas de que eu fosse superar tudo logo e ficar com ele. Só que nem eu, nem o Eric, parecíamos estar superando nada.

Um dia vi que o Eric estava novamente no meu trabalho e resolvi fingir que não vi que ele estava lá. Quando o Leo chegou, eu corri e lhe dei um abraço animado. Talvez se o Eric pensasse que estou com o Leo, que eu tinha o traído ou que já tinha esquecido dele, fosse possível para ele seguir sua vida em paz. Mas estava errada, porque mesmo vendo essa cena ele continuou me mandando mensagens dizendo que estava me esperando. Eu não aguentava mais causar dor nele e não conseguia lidar com a minha tristeza.

O Alex ficou ridiculamente entusiasmado quando soube que eu terminei com Eric. A sua satisfação maior foi ter me deixado infeliz, já que eu não queria mais ficar com ele. Eu estava praticamente sem vida, só me arrastava do trabalho para a casa e no meu tempo livre planejava a minha mudança. Foram dias tão ruins quanto os do ano passado. Sentia falta do Eric, sentia medo do Alex e sentia raiva de mim. Eu estava sempre chateada.

O Leo estava tentando me fazer ficar melhor, mas não conseguia. Percebi que ele estava se aproximando de mim com segundas intenções, então eu resolvi deixar claro que eu tinha terminado com Eric por causa das ameaças de Alex. Fui à casa dele para jantarmos juntos. Ele abriu uma garrafa de vinho e estava empolgado. Eu precisava ter a coragem de magoá-lo para fazê-lo perder logo as esperanças. Afinal, eu estava planejando ir embora e ele precisaria aceitar isso também.

Depois do jantar estávamos tirando a mesa e eu me senti um pouco tonta. Me distraí e escorreguei em um guardanapo que caiu no chão. Quando estava prestes a cair, o Leo me segurou forte, impedindo que eu me machucasse. Acho que eu estava realmente bêbada ou muito fraca, pois não vi quando ele se aproximou do meu rosto. Ficou claro que ele iria me beijar, a respiração dele ficou mais acelerada, ele me olhou com desejo, mas eu fiquei parada sem reação. Ele encostou seus lábios úmidos nos meus e me beijou como se aquela fosse ser sua única chance. Foi um beijo rápido, mas muito intenso. Seus lábios eram macios e por um segundo eu me senti imersa naquela sensação gostosa, como se estivesse me desviando dos meus problemas e me escondendo em outro lugar. Quando ele se afastou eu fiquei em choque e o meu rosto ficou vermelho na hora. Ele parecia estar muito envergonhado também.

- Ventura, me desculpe, eu acho que eu bebi demais. Prometi a mim mesmo que nunca faria nada contra a sua vontade.

- Tudo bem, Leo. Bebemos demais mesmo, mas você sabe que eu não estou bem.

- Eu sei, me perdoa, depois de tudo que você passou eu não podia ter feito isso. Sou horrível.

- Não, você não fez por mal. Está tudo bem. Eu queria mesmo falar com você e esclarecer algumas coisas.

- Tudo bem, vamos nos sentar. Você pode falar.

- Eu me separei do Eric porque o Alex ameaçou acabar com a carreira dele e possivelmente machucá-lo. Tive que terminar tudo. Foi para protegê-lo, mas eu ainda estou apaixonada por ele. Não pretendo gostar de outra pessoa. Me desculpe.

Ele estava tão envergonhado com o beijo que não falou nada. Depois disso ele parece ter aceitado melhor que eu não superaria a situação tão cedo. Nos dias que se passaram ele mudou bastante, como se tivesse perdido as esperanças. Mesmo assim, ele continuou se esforçando para ser o melhor amigo possível. Um dia cheguei em casa do trabalho e ele estava lá com o jantar pronto me esperando. Eu tinha esquecido que ele ainda tinha as chaves da minha mãe. O problema foi que eu deixei vários papéis em cima da mesa, comparando diversos empregos, cidades e apartamentos para morar. Eu e a minha mania de fazer listas da forma antiga. O Leo viu tudo e ficou furioso. Tive que contar sobre as minhas conversas com Alex e o meu medo constante, mas isso só o deixou ainda mais bravo.

- Então quer dizer que esse cara que está errado, mas você que vai fugir como uma criminosa?

- Os incomodados que se retirem.

- Você não pode deixá-lo vencer Ventura, não pode desistir de tudo que construiu por causa dele.

- Está muito difícil ficar trabalhando perto do Alex, mas o pior de tudo é estar perto do Eric e não poder voltar com ele. O que mais me doeu foi magoá-lo.

- Ele é tão importante assim para você?

- Eu o amo, mas sei que ele merece uma mulher que esteja completa, não toda danificada como eu. Ele não tem porque conviver com esse tipo de drama, então eu preciso me afastar. Se eu estiver aqui vou continuar pensando nele e vou estar perto do Alex. Assim eu nunca vou melhorar, Leo.

- Como você pode estar com uma visão tão distorcida? Quem te ama não quer ser protegido por você, quer ficar ao seu lado e te ajudar. Eu o vejo indo no seu trabalho só para te ver até hoje. Ele até veio falar comigo um dia, me pedindo para cuidar bem de você. Acho que ele pensa que estamos juntos.

- É melhor assim.

- Sara Ventura, eu amo você, mas você é tão cabeça dura quando decide algo. Fugir não é a solução. Vamos até a polícia fazer uma denúncia. Eu fico do seu lado.

- Para eles duvidarem da minha palavra também? Pedirem provas que não tenho? Não quero mais passar por isso. Não adianta, no final ele vai se safar e eu vou ficar pior do que estou.

- Ninguém vai te pedir provas. Você precisa lutar.

- Não tenho forças, Leo. Ele me quebrou. Eu preciso ficar longe dele para me curar novamente. Eu te amo e agradeço seu apoio. Não queria ficar longe de você, mas peço que respeite a minha decisão.

Ele me abraçou forte e no fundo eu queria que ele tivesse tentado me convencer um pouco mais. Talvez eu acabasse cedendo. Tentei focar novamente. Eu precisava continuar o meu plano, então no outro dia eu pedi folga no trabalho e fiz algumas entrevistas remotamente. Também aproveitei para jogar fora algumas coisas, adiantando a mudança. Mesmo triste, eu precisava agir rapidamente, mas a minha vontade era ficar na cama o dia inteiro.

No final do dia fui ao mercado e depois passei em uma loja para comprar um presente de boas-vindas e ao mesmo tempo de despedida para o Leonardo. Quando eu voltei, ele e o Eric estavam me esperando na frente do meu prédio. O Eric me viu e rapidamente me puxou para um abraço apertado. Eu fiquei sem reação, totalmente estática, somente absorvendo seu cheiro e seu calor enquanto eu podia. Não sei se era porque eu estava sentindo um misto de alívio e medo de perdê-lo, mas me lembrei do livro "O perfume", de Patrick Süskind, em que ele cita que certas pessoas possuem uma fragrância extremamente raras que inspiram amor. Era um livro meio estranho para ser lembrado naquele momento, mas a minha cabeça não estava funcionando direito. Com certeza seu cheiro era biologicamente programado para me atrair, aliás tudo nele parecia ser assim.

O Leo me abraçou logo depois e falou no meu ouvido que fez a parte dele, mas que agora era comigo. Me deu um beijo na testa e foi embora. Ele realmente era o melhor e mais protetor amigo que eu poderia encontrar. Eu entrei em casa com o Eric e senti que meu corpo todo estava tenso. Queria não precisar ter aquela conversa. A minha vontade era de apenas ficar nos seus braços, calada e fingindo que nada tinha acontecido. Nos sentamos no sofá e ele me olhou como se estivesse esperando eu iniciar a conversa e percebi que não tinha como fugir mais.

- Eric, o que você está fazendo aqui? O que o Leonardo te falou?

- Ele me contou muitas coisas, com receio de que você não me falasse tudo. Sei que você terminou comigo para tentar me proteger do seu ex-namorado maluco. Sei que você está em uma situação horrível no trabalho por causa dele, que ele te machucou seriamente e que você sofreu muito durante esse tempo todo. Também sei que você quer fugir.

- Me desculpa, eu não queria te envolver nessa bagunça. O Leonardo não deveria ter incomodado você.

- Sara, olha bem para mim, no fundo dos meus olhos. Eu te amo.

- Eric, eu não mereço o seu amor.

- Você merece todo o amor do mundo. Não era assim que eu queria falar que eu te amo pela primeira vez, mas é melhor do que nunca falar. O Leonardo também te ama, por isso ele quer a sua felicidade e veio falar comigo.

- Eu sei. Estou magoando vocês dois. Deve ter sido muito difícil para ele te procurar.

- Eu até achei que vocês estavam juntos, mesmo assim eu não conseguia ficar sem te ver, por isso que fiquei indo no seu trabalho de vez em quando. Pelo menos queria ver você de longe. Não aguento mais ficar assim, então não me afaste, por favor.

- Me perdoa. Eu também te amo. Já queria ter falado isso faz tempo. Senti sua falta todos os dias. Não queria te machucar desse jeito, mas achei que você ia superar tudo logo e que seria melhor para você ficar longe de mim. Nunca fiquei com o Leo ou com qualquer outra pessoa.

- Eu sei, acredito em você. Eu não parei de pensar em você nem por um minuto. No fundo eu sabia que tinha algo errado, que não era o nosso fim. Nós vamos resolver tudo juntos a partir de agora. Eu prometo que vou cuidar de você e vai dar tudo certo. Posso te dar um abraço?

Nos abraçamos por um bom tempo. Eu sentia como se o abraço dele tivesse sido feito sob medida para mim, era simplesmente perfeito estar envolvida pelos seus braços. Eu não aguentei e comecei a chorar muito. Ele me confortou, fez carinho em mim, deu suaves beijos no meu rosto e nas minhas mãos. Fiquei protegida em seu abraço, no melhor lugar do universo, por um bom tempo. Depois que eu me acalmei, ele quis saber a minha versão de tudo o que aconteceu, para entender a história desde o início. Contei sobre aquele dia horrível ano passado, sobre o meu processo de melhora, sobre a volta de Alex e suas ameaças. Expliquei o motivo de ter terminado com ele e falei como aquilo me doeu. Eu também comentei sobre o relacionamento de Alex com a sua nova assistente. Provavelmente ela seria a próxima a sofrer algo parecido. Ele ouviu tudo abismado, porém estava calmo. Provavelmente ele estava tentando me passar tranquilidade e estava funcionando. Expliquei como era difícil para mim estar em um relacionamento, pois nos momentos de intimidade com ele eu ficava muito nervosa por causa do meu trauma. Com isso, pedi desculpa por não ter falado tudo para ele quando eu tive aquela crise. Fiz o melhor que pude para explicar que eu o amava e que o problema era realmente comigo.

Ele me escutou, me confortou e me deu apoio. Eu percebi que deveria ter contado tudo para ele desde o início. Como o Leo me disse uma vez, eu estava tirando a chance de o Eric escolher ficar ao meu lado, apesar de todos os problemas. No final os dois ficaram ao meu lado. Para o Leo conseguir me ajudar ele teve que trazer o Eric de volta para mim, passando por cima dos seus próprios sentimentos. Eu precisava agradecê-lo, pois estava de volta aos braços da pessoa que eu amava graças a ele.

O Eric ficou comigo por horas. Ele fez o jantar e aproveitamos a refeição juntos, como fazíamos antes. Ele nunca saiu do meu lado. Nós ficamos acordados o máximo possível, até que dormimos abraçados na minha cama. Pela manhã ele estava me esperando acordado. Quando vi o seu sorriso, parecia que finalmente o ar tinha voltado para meus pulmões e pude respirar de verdade. Fui ao banheiro me arrumar rapidamente e voltei para a cama. Eu já tinha descansado e me acalmado, então consegui finalmente dar o beijo nele que eu tanto queria. Eu estava doente de saudades dele, do seu sorriso, do seu cafuné, do seu cheiro, do seu corpo, do seu abraço, mas principalmente do seu beijo. Era sábado, então a gente não tinha hora para se levantar. Eu decidi que iria me permitir aqueles minutos de felicidade plena ignorando todo o resto. Estávamos nos beijando até que ouvi a barriga do Eric roncar. Nós rimos como antigamente e foi maravilhoso. Ele insistiu que eu deveria ficar na cama e foi fazer o café da manhã.

Liguei para os meus pais enquanto eu esperava meu príncipe encantado voltar. Fazia muito tempo que não me sentia tão bem e seria bom para eles ouvirem a minha voz mais animada. Eu ainda estava conversando com a minha mãe, quando ele chegou com um prato cheio de panquecas de banana. O cheiro estava delicioso. Corri para dar tchau para a minha mãe, sem que ela percebesse que eu estava acompanhada. Ele parecia um filhotinho me olhando com expectativa da minha reação.

- Nossa, Eric, que maravilha. Eu nem me lembro qual foi a última vez que comi panquecas fresquinhas. As de banana são as minhas preferidas. Obrigada.

- Confesso que é a minha especialidade culinária.

- Tudo que você faz é perfeito.

- Além do café da manhã, eu tenho uma lembrancinha para você. Eu esqueci de te entregar ontem.

- Sério?

- É uma coisa pequena, mas tem um significado para mim. Sabe da Ariel que eu te dei na loja de brinquedos?

- Sim, você lembrou do livro que viu na minha mesa de centro e comprou a boneca para mim. Ela fica sempre aqui ao meu lado.

- Que bom que ela estava te fazendo companhia. Na época eu não te contei que eu nunca tinha nem visto o desenho da Pequena Sereia, muito menos lido a história. Enquanto estávamos separados eu fiz de tudo para me sentir próximo de você, então agora sou um ávido leitor.

- Você leu o conto?

- Li e vi o filme também. Confesso que preferi a versão da Disney, com um final feliz.

- Sinceramente, eu também.

- O que mais me surpreendeu foi o nome do príncipe. Achei perfeito, digno da beleza dele.

- Sim, claro. Eu amo o príncipe Eric, ele é realmente lindo. Sempre foi o meu favorito.

- Você tem bom gosto. Então, aqui está um pequeno príncipe Eric para que a sua pequenina sereia não fique tão solitária.

- Que lindo, eu amei. Você é tão romântico. Morri de saudade desses momentos.

- Eu andei com esse boneco no carro durante um bom tempo. Estava criando coragem de entregar para você. Pensei em deixar na sua porta ou mandar para o seu trabalho. Talvez quando você o visse, pensasse melhor sobre nós dois.

- Me desculpe novamente, eu não queria ter te magoado desse jeito.

- Eu entendo, você estava com medo. O importante é que estamos juntos agora. O príncipe Eric vai sempre estar pertinho de você.

- Obrigada, eu amei o presente e te amo mais ainda, meu príncipe encantado.

- Eu também te amo, mais do que você imagina.

Comemos as deliciosas panquecas trocando sorrisos e beijos. Lembrei que uma vez ele comentou que gostaria de ser a pessoa preparando café da manhã para mim e desde aquele dia eu aguardei ansiosamente por esse momento. Parecia um sonho estarmos novamente juntos. Nós ficamos um bom tempo abraçados vendo televisão na cama até que eu cochilei. Era como se eu não dormisse a séculos. Finalmente estava conseguindo descansar. Quando acordei ele estava na sala falando ao telefone. Entendi que ele estava combinando algo com um colega, então resolvi dar privacidade a ele. Fui tomar um banho e quando voltei ele me abraçou forte.

- Descansou? Estava bom o seu banho?

- Sim, mas estava solitário.

- Uma hora vamos ter que resolver isso.

Ele me beijou com muito carinho e me falou que a gente precisava conversar. Foi então que ele me explicou o seu plano. Ele queria fazer gravações que iriam expor Alex e obrigar a empresa a demiti-lo. Se tudo desse certo ele também poderia cumprir a pena merecida. O Eric tinha um amigo policial que iria tentar obter ordem judicial para gravarmos a confissão do Alex. Eles estavam no telefone combinando os detalhes mais cedo quando eu o vi na sala. Eu fiquei muito feliz por ele ter pensado em tudo isso, mas falei quais eram os meus medos. Tinha receio da influência de Alex sobre a chefia, mas ele me convenceu de que tudo seria articulado para ninguém ter coragem de ficar do lado do Alex depois dele ser desmascarado.

Conversamos bastante sobre como a gente iria conseguir fazer tudo isso sem que o Alex descobrisse. A gente precisaria da ajuda do Leo e de alguém da empresa. Na hora soube que a Laura era perfeita para isso. Parece que o Eric tinha todos os detalhes planejados e estava confiante de que tudo ia dar certo. A sua segurança me tranquilizou. Cheguei perto dele e segurei o seu rosto com as minhas mãos. Olhei nos seus olhos e agradeci, tentando demonstrar todo o meu amor.

Me aproximei dele para dar um beijo suave em seus lábios. Meu corpo estremeceu e senti que ele ficou arrepiado também. Continuamos nos beijando apaixonadamente. Coloquei as minhas mãos na sua nuca, acariciando seu cabelo macio e aproximei o meu corpo do dele. O beijo ficou cada vez mais intenso. Eu coloquei os braços dele em volta de mim. Acho que ele estava sendo cuidadoso depois de tudo que eu contei, mas eu sentia que estava tudo bem comigo naquele momento, então fiz questão de dar o sinal verde para ele. Acho que ficar sem ele por tanto tempo me ajudou a superar essa parte do trauma. Ele pareceu ter entendido o recado, porque apertou seu corpo firme contra o meu e me beijou com mais vontade. Eu queria aproveitar cada sensação e cada segundo perto dele. Nos beijamos, nos abraçamos, fizemos carinho no corpo um do outro e depois de tudo isso eu ainda estava bem. Comecei a me movimentar em direção ao quarto e ele me acompanhou, sem parar de me beijar. Nossas mãos ficaram mais urgentes e começamos a explorar mais o corpo um do outro. Seu toque era macio e quente. Ele me deixou conduzir como se estivesse me dando a liberdade para parar quando eu quisesse, mas eu não quis parar, queria mais. Quando comecei a tirar a roupa dele, ele me perguntou se eu tinha certeza. Eu disse que sim, que estava tudo bem. Estava tudo maravilhosamente bem.

Ele era lindo por dentro e por fora, por isso me apaixonei perdidamente. Sussurrei em seu ouvido "senti tanto a sua falta". Ele me olhou e seus olhos pareciam estar ardendo de paixão. Em um movimento rápido ele me pegou no colo e me deitou na cama. Suavemente ele foi explorando o meu corpo com as suas mãos e sua boca, mas ao mesmo tempo estava me deixando conduzir. Eu me senti segura. Seu olhar me passava tranquilidade e seu toque me deixava imersa nas sensações. Falei em seu ouvido novamente que eu queria me unir completamente a ele. E assim aconteceu, eu e ele parecíamos um só. Nos amamos intensamente e em nenhum momento eu tive medo. Nossos movimentos eram sincronizados, como se um soubesse o que o outro iria fazer e o que mais iria gostar. Foi tudo perfeito, como ele era. Mesmo depois, quando estávamos abraçados, completamente exaustos, ele me olhava com tanto amor e desejo que acreditei que aquele momento, apesar de ter parecido um sonho, tinha sido real. Adormecemos abraçados novamente, mas agora os nossos corpos estavam completamente entrelaçados e eu me sentia completa.

CAPÍTULO 10 - A MELHOR ARMA É O AMOR

Depois de passar um tempo grudada com o Eric, eu me sentia viva novamente. Ainda estava nervosa com o que poderia acontecer, mas agora eu sabia que não estava mais sozinha. Estava aliviada por ter cancelado os meus planos de fuga. No domingo encontramos o Leonardo e a Laura para combinar tudo. Eu já tinha ligado para ela me explicando e pedindo sua ajuda. Ela topou na hora, inclusive disse que sofreu assédio de um professor na escola e que ninguém acreditou nela na época, então ela fazia questão de me ajudar, pois entendia como era difícil. Impressionante como esses casos são comuns, porém quase ninguém fala sobre isso abertamente. Quando nos encontramos no restaurante demos um longo abraço. Era bom finalmente conversar com alguém que me entedia e ter o apoio das pessoas que eu amava. Eu deveria ter tido coragem antes, mas o importante é que finalmente eu estava pronta e os meus amigos ao meu lado.

Combinamos que durante aquela semana iríamos juntar o máximo possível de provas e confissões para desmascarar o Alex. Cada um sabia o que tinha que fazer e decidimos não demorar muito para agir, por receio do Alex acabar suspeitando. Foi emocionante ver a dedicação deles para me ajudar. Eu me senti muito grata e feliz por ter finalmente aceitado ajuda. Achei que teria vergonha se as pessoas soubessem o que eu passei, mas foi o contrário, pois eu me senti muito mais forte. Antes de irmos embora, pedi para falar com o Leonardo a sós por um momento. O Eric entendeu o meu sinal e foi buscar o carro. O Leo estava tentando disfarçar o desconforto de me ver namorando novamente, mas eu sabia que estava sendo difícil para ele.

- Leo, eu não tenho nem palavras para agradecer o que você fez por mim. Você é um anjo na minha vida. Você sabe que mora no meu coração, não é?

- Não estou no lugar do seu coração que eu gostaria de estar, mas o importante é que estou aí. Sei que sou especial para você e é isso que importa.

- Você é muito especial. Muito obrigada por tudo.

- Você não tem que agradecer. Eu não podia te deixar ir embora daquele jeito. Você merece toda a felicidade do mundo, mesmo que não seja ao meu lado.

- Você também merece.

- Vou curar a minha dor de cotovelo. No fim esse cara bolou um plano bom e está sendo bem útil.

- Obrigada por estar ajudando tanto. Você também vai encontrar alguém que vai te fazer muito feliz. Você é um partidão, então não vai demorar muito.

- Você que sai perdendo, você sabe né?

- Sei, sei. Eu te amo, seu bobo. Você é meu melhor e mais chato amigo.

- Eu também te amo. Sempre vou estar ao seu lado, mesmo que você tente fugir.

- Não vou mais fugir.

Nos abraçamos e nos despedimos. Entrei no carro do Eric e ele me abraçou como se soubesse que estava sendo muito difícil para mim magoar o meu melhor amigo. Como sempre ele estava sendo muito compreensivo. Infelizmente, tivemos que encerrar nosso reencontro e ele me deixou em casa. A gente não tinha se separado durante todo o final de semana. Eu o abracei forte novamente e agradeci a sua ajuda. Quase não podia acreditar que estávamos juntos e ainda por cima planejando uma emboscada para o Alex.

- Eric, me desculpe mais uma vez por ter te afastado daquele jeito.

- Você estava tentando me proteger, mas acho que subestimou o quanto eu gosto de você.

- Eu não queria te envolver nessa confusão.

- Eu quero estar em qualquer confusão ao seu lado. Não se preocupe. Vai ficar tudo bem e nós vamos conseguir que ele responda pelos atos dele.

- Eu só quero ter paz para viver, trabalhar e ficar com você. Se você diz que realmente não se importa com tudo o que aconteceu e com a exposição que isso tudo pode gerar, eu vou tentar acreditar e me fortalecer.

- Você é a vítima. Não precisa ter medo de nada. Sua felicidade é o mais importante. O nosso amor vai conseguir superar tudo.

- Eu te amo, Eric.

- Eu te amo mais.

- Impossível. Boa noite. Até amanhã.

- Durma bem. Nos vemos amanhã, minha linda namorada.

Fui dormir ansiosa com a semana que viria pela frente. Será que o Alex iria mesmo cair nas nossas armadilhas? Apesar de estar com medo, eu fiquei feliz de saber que tinha uma chance de acabar com esse pesadelo. Fui dormir sozinha já sentindo saudade do Eric, mas estava tão aliviada por termos voltado que consegui cair no sono rapidamente. Depois daqueles dias dormindo tão mal, finalmente ficou fácil descansar tranquilamente.

No outro dia começamos a executar o plano. O Eric conseguiu com um colega da emissora alguns equipamentos de gravação de áudio e vídeo que eram praticamente de espionagem. A primeira ação seria tentar filmar o máximo possível dos comportamentos abusivos de Alex com as mulheres no trabalho. A Laura teria importante participação nisso. Ela iria dar em cima de Alex para tentarmos fazer algum flagrante. Além disso, iria falar com a nova assistente dele e tentar tirar alguma informação dela. Eu iria colocar uma câmera na sala de Alex e depois o enfrentaria lá, tentando gravar sua confissão. Quando já tivéssemos coletado um bom material, o Eric e o Leo iriam se encontrar com ele para confrontá-lo e garantir que ele se incriminasse de uma vez por todas.

Tudo parecia estar indo bem. Conseguimos que a assistente do Alex falasse sobre como ele usou seu cargo para forçá-la a se relacionar com ele e a fazer coisas que ela não queria. Além disso, o Alex estava falando vários absurdos para a Laura. Quando chegou a minha vez de enfrentá-lo eu já estava mais segura. Marquei uma reunião com ele para que tivéssemos mais tempo juntos na sala. Respirei fundo para tomar coragem e bati na porta.

- Sara, pode entrar. Eu fiquei surpreso quando vi seu nome na agenda, mas estou feliz. O que você quer?

- Quero um pedido de desculpas.

- Você não veio dizer que me ama? Que desagradável. E pelo que eu deveria me desculpar?

- Por ter me assediado, me obrigado a fazer sexo sem meu consentimento e sem uso de preservativo. Basicamente por ter me estuprado.

- Isso é ridículo. Você era minha namorada.

- Em primeiro lugar, eu era sua ex-namorada porque já tinha terminado com você, além disso, você estava me perseguindo e me ameaçando. Mesmo se ainda estivéssemos em um relacionamento, o que você fez não deixaria de ser considerado um crime. Eu disse que não queria ter relação sexual e você não parou de me atacar. Usou de violência para me forçar a ficar com você, fiquei inclusive com machucados pelo corpo.

- Violência? Até parece que você não gostou, como sempre gostava. Você só pode estar querendo mais para vir aqui fazer essa cena. Ou está atrás de dinheiro? Até parece que quer um pedido de desculpas e nada mais.

- Você me ameaçou, disse que ia conseguir a minha demissão, manipulou a opinião da funcionária com a qual eu me abri em sigilo, ameaçou destruir a carreira do meu namorado se eu não terminasse com ele e até falou que poderia machucá-lo. E você diz que não tem nada por que se desculpar?

- Eu sou um homem poderoso, é normal eu querer lutar pelo que eu quero. Você é mesmo tão ingênua? Acha que isso não acontece todos os dias por aí? Você se acha especial?

- Quero que você me deixe em paz.

- Minha querida, eu já tenho outras mulheres para satisfazer minhas necessidades.

- Você também abusou de outras garotas?

- Isso não existe. A palavra abuso é uma criação de mulheres mal-amadas que fingem que não querem sexo. Elas se fazem de santas e não escutam seus corpos. Mas o corpo fala, sabia? O seu me dá sinais de que você ainda me quer. Por isso que você veio, não é?

- Você é patético. Fique longe de mim.

- Acho bom você parar com essa conversa de estupro, se não eu vou garantir que você não consiga emprego nessa área nunca mais. Você era minha e era meu direito fazer o que quisesse com você. Fora que é a minha palavra contra a sua, qual você acha que vale mais?

Saí de lá tão nervosa que demorei a perceber que ele tinha confessado tudo. Só pensava em como ele era horrível. Como eu pude ser tão cega? Como me relacionei com um homem tão desprezível? Estava tão imersa nos absurdos que ouvi que demorei a avisar para o Eric que eu tinha conseguido a minha prova e que foi muito pior do que eu esperava.

O lado negativo de tudo isso foi que meu namorado e meu melhor amigo tiveram que ver aquela cena e ouvir o Alex falar aqueles absurdos sobre mim, afinal eles estavam me ajudando. Claro que eles ficaram furiosos e mais ansiosos ainda pela parte em que eles iriam confrontá-lo. Reunimos todo o material que tínhamos e percebemos que já era o suficiente para entregar tudo ao policial amigo do Eric. Falei para eles que não precisava de mais nada, que eles não deveriam ir falar com o Alex, mas eles insistiram em seguir o plano.

Eu estava com muito medo de que algo acontecesse com eles. Pedi para o Eric passar a noite lá em casa, pois esperava convencê-lo. Conversamos bastante, já que ele ainda estava muito nervoso depois de ver o jeito que o Alex falou comigo. Eu dei um abraço carinhoso nele para tentar acalmá-lo, mas no fim ele acabou revelando que fazia questão de falar pessoalmente com o Alex, para mandá-lo ficar longe de mim. Entendi a necessidade dele de ter um fechamento, afinal eu também tive a minha oportunidade de colocar para fora tudo que eu estava sentindo. Apesar de não ter conseguido convencê-lo, foi bom dormir ao lado dele novamente. Naquele dia eu estava especialmente nervosa com a situação toda, provavelmente porque em breve seria chamada para depor na polícia. O Eric percebeu a minha ansiedade e me abraçou forte como se nunca mais fosse me largar. Ele ficou fazendo carinho no meu cabelo, me dando suaves beijos e conversando comigo até eu adormecer.

Esperamos um tempo para que o amigo do Eric revisasse todo o material. Foi a minha última tentativa para que eles desistissem de falar com o Alex. Como eu esperava, ele avisou que já tínhamos provas suficientes para intimar Alex, mas o Eric pediu mais um dia, pois queria garantir que ele não saísse impune. Tentando ser compreensiva, eu aceitei, mas pedi para que eles tivessem cuidado e fiquei torcendo em casa para que eles não se machucassem. Eles foram até a casa do Alex esperá-lo na porta. Tinham colocado uma câmera escondida e estavam gravando tudo. O Alex já conhecia os dois da época que fez o seu joguinho ridículo de perseguição e ameaças. Depois que eles voltaram eu vi a gravação toda. O Eric já iniciou a conversa enfrentando o Alex.

- Quem são vocês e o que estão fazendo na frente da minha casa?

- Eu sei que você sabe quem eu sou - disse Eric.

- Você é o namoradinho novo da Sara, certo? Não me lembro do seu nome insignificante, é Eduardo?

- Meu nome é Eric e sim, sou namorado da Sara, apesar de todos os seus esforços para que ela terminasse comigo.

- Eu sou o Leonardo, o melhor amigo dela, mas você já sabe disso e está se fazendo de desentendido.

- Quantos homens protetores ela tem ao seu lado? Uma mulher de respeito não estaria em um triângulo amoroso, ou melhor, em um quadrado amoroso, porque parece que esse amiguinho aí já teve uma provinha também.

- Eu já tive o que? Limpe a sua boca para falar dela. Você sabe o que fez. Você é pior do que um rato. Um homem teria pelo menos coragem de admitir.

- Admitir o que? É a história do estupro novamente? Tudo isso porque ela disse que não queria e eu não parei? Isso é a coisa mais comum do mundo. Sou um caçador. Concordam que é muito mais emocionante quando a presa tenta escapar?

- Você está falando da minha melhor amiga, isso não é um jogo.

- Amiguinho, vai dizer que você nunca fez nada? Nunca pensou em dar uma aproveitada nela?

- Eric, eu não vou conseguir me segurar mais - disse Leo, com os dentes cerrados.

- Compreensível, Leo. Ele é pior do que lixo. Depois de tudo que fez ainda teve coragem de ameaçá-la.

- Lixo? Vocês que não estão seguindo o instinto de vocês e se acham melhores do que eu. Claro que se você está namorando com ela você já experimentou e sabe como ela é. A Sara está se fazendo de inocente, mas ela é bem safada. Não dá para levar a sério o que sai da boca dela. Até foi arrumar confusão no RH da empresa e agora mandou vocês aqui.

- A minha namorada é a mulher mais incrível que eu já conheci e é uma vítima que sofreu abuso sexual por você, seu porco nojento. Ela só queria trabalhar em paz, longe das suas ameaças. Aliás, como você conseguiu que o RH não levasse a denúncia da Sara para frente?

- A Alice? O sonho dela era ir para cama comigo. Bastou uma noite tratando-a bem para ela me defender com unhas e dentes. Mulheres são assim, fingem que se importam com o sentimento, mas no fundo querem sexo selvagem tanto quanto os homens.

- Nem todo mundo é doente como você - Eric falou aumentando o tom de voz..

- Namorado, você ainda acha que a senhorita Ventura é santa? Pense bem onde você está se metendo. O mundo é cheio de homens egocêntricos que gostam de ter suas necessidades atendidas e muitas assistentes dispostas a isso. Ainda mais nessa área, elas sempre têm que fazer o trabalho completo.

- E a empresa é conivente com essa sujeira? - questionou Eric.

- A empresa sabe que esse mundo é assim. Eu sou realista. Vocês fingem que são melhores, mas no fundo não são.

- Eric, eu aposto que ele mente e abusa de todas as assistentes dele. Ou será que é de todas as mulheres com quem ele se relaciona?

- Com certeza, Leonardo. Você acha que alguém iria querer ficar com ele se soubesse quem ele é de verdade.

- Vocês estão falando de mim, o Alex, o profissional da área mais requisitado desse país. Todos me querem e eu simplesmente dou às mulheres o que elas desejam. Deixo claro que de todas as que eu dominei à força, a Sara foi a que mais resistiu.

- Ela resistiu e você a forçou. Ainda fingiu que estava bêbado quando abusou da minha namorada, não foi?

- Eu fiz uma cena de ex-namorado que estava embriagado de paixão. Foi fácil conseguir entrar no apartamento dela e depois disso só fiz o que meu instinto me mandou. Ela tentou até me bater, foi uma gata arisca deliciosa. Por isso eu corri atrás dela novamente. Não tem graça quando a mulher desiste fácil.

- Eu não acredito no que eu estou ouvindo. Você devia estar preso pelo que fez com a minha amiga. Não sei como a Ventura não te denunciou - exclamou Leo.

- Ela não é idiota como vocês dois. Só que eu não vou mais perder tempo com ela, ela é o brinquedo de vocês agora. Estão felizes?

- Felizes? Sabe como eu a conheci? Comprando a pílula do dia seguinte depois de ser abusada sexualmente por você. É claro, sem preservativo, apesar da súplica dela. Ela estava arrasada e com medo de ter engravidado de um monstro. Você é o pior tipo de homem que existe - disse Eric, com um tom de tristeza em sua voz.

- Pelo menos ela teve a consciência de não me dar o golpe da barriga.

Nesse momento começou uma briga. O Eric deu um soco tão forte no Alex que ele praticamente voou para longe. Ele até saiu do enquadramento da câmera, mas dava para ouvi-lo gemendo de dor. O Eric com certeza bateu mais nele, porque a sua mão ficou bem machucada. Logo depois o Leo falou que também queria a sua vez, o que acabou gerando mais briga. Foi quando o Alex começou a gritar.

- Eu vou processar vocês por agressão. A vida de vocês acabou.
- Nunca mais chegue perto da Sara novamente, seu nojento. Se você pelo menos olhar para a minha namorada de novo eu não me responsabilizo pelos meus atos.

Olhei espantada para Eric depois de ouvi-lo falando daquele jeito com o Alex. Ele realmente estava muito nervoso. Me surpreendi como ele parecia outra pessoa. Ele era sempre tão doce e gentil com todos, mas acho que aquele foi o seu limite. Ele brigou com o Alex porque me amava, mas eu não queria colocá-lo naquela situação nunca mais. Eu estava agradecida aos dois por terem conseguido uma última confissão do Alex. Com essa gravação com certeza ele não sairia impune. Apesar disso, ainda estava preocupada com o que poderia acontecer por causa da briga.

- Vocês bateram nele? E se algo acontecer com vocês? Não é melhor tirarmos essa parte final?
- Se ele quiser me processar por agressão, eu estou disposto a pagar pelo soco que dei nele.
- Concordo com o Eric. Não vamos tirar nada, Ventura.
- Eu sabia que acabaria em briga. Ele fala as coisas mais nojentas possíveis. Sabia que vocês não aguentariam
- Não vai acontecer nada com a gente, meu amor. Ele, por outro lado, está complementar ferrado.
- Eu não vejo a hora desse pesadelo acabar. Não quero mais ver vocês preocupados com isso e não quero que nenhuma outra mulher sofra nas mãos dele também.
- Vai passar, Ventura. Eu estou feliz que Eric deu o primeiro soco, assim eu também pude descontar um pouco da minha raiva na cara daquele imbecil. Agora quero vê-lo pagando por tudo.

Meu namorado e meu melhor amigo me protegendo era mais do que eu merecia. Apesar de odiar violência, era surreal vê-los trabalhando juntos. Eles pareciam até estar se tornando amigos. Quem sabe no futuro. Era tudo o que eu queria. Eu amava os dois e queria poder conviver com eles em harmonia. Voltei a realidade e salvei a gravação no meu laptop. Enviamos o último arquivo para o amigo do Eric e finalmente deixamos tudo nas mãos da polícia. O Leo me deu um abraço. Eu o agradeci mais uma vez. Ele me deu um beijo na testa, me falou para ficar bem e foi embora. Falei para o Eric que faria um curativo na sua mão e ele ficou mais tempo. Nos abraçamos como se estivéssemos há muito tempo separados.

- Eric, muito obrigada. Não sei o que seria de mim sem você.

- Você promete que nunca mais vai esconder nada de mim, muito menos tentar fugir?

- Prometo. Você me promete que não vai mais partir para a violência por minha causa?

- Sim, geralmente não sou violento, mas não sei como consegui me segurar com aquele selvagem. A minha vontade era espancar aquele idiota até ele não conseguir mais abrir a boca. Ele realmente conseguiu me tirar do sério.

- Você se segurou o máximo possível porque é uma ótima pessoa, diferente dele. Depois que tudo isso passar eu nunca mais vou trazer drama para a sua vida.

- Tudo que acontece com você é importante para mim, não é drama e não deve ser deixado pra lá.

- Onde eu encontrei alguém tão perfeito?

- Na fila da farmácia. Duas vezes.

Consegui rir tranquilamente com ele depois de estar tanto tempo preocupada. Falei que o amava e, como de costume, ele disse que me amava mais. Beijei seu rosto, sua testa, seu nariz, seu queixo e finalmente sua boca. Ele me beijou de volta com muito carinho. Depois de um tempo nos beijando, o toque carinhoso foi substituído pelo desejo intenso. Ele passou suas mãos pelo meu cabelo, meu pescoço, meus braços, minha cintura e então me conduziu até o sofá. Acho que ele estava com tanta pressa quanto eu. Nos beijamos como se estivéssemos sedentos um pelo outro e no sofá mesmo fizemos amor, esquecendo as nossas preocupações. Permanecemos um bom tempo ali no mesmo lugar, apenas aproveitando o abraço um do outro até o sono chegar. Se tinha um lugar no mundo em que eu me sentia segura e confortável era em seus braços.

CAPÍTULO 11 - A PRIMEIRA DE MUITAS

O grande dia chegou. Estávamos todos trabalhando normalmente quando a polícia entrou no prédio procurando pelo Alex. O Eric pediu para seu amigo que essa cena fosse no escritório, para garantir que todos vissem. Como um bom editor ele cuidou de todos os detalhes. A fofoca correu mais rápido do que a luz. Eu precisava ver o seu rosto enquanto ele era levado, então corri até a sua sala. Quando o vi saindo algemado senti um alívio no peito. Achei que ele iria fazer um escândalo, mas ele é tão manipulador que saiu com a cara mais ingênua possível, dizendo a todos que deveria ser algum engano. Quando ele passou ao meu lado, teve a cara de pau de falar comigo.

- Sara, não se preocupe, logo tudo vai ser esclarecido e voltarei.

Mesmo nessa situação ele conseguiu me ameaçar. Só que dessa vez ele não me intimidou e eu o encarei com firmeza. Eu sabia que ele iria pagar por tudo que fez. Pensei "vá para o inferno, seu machista abusador nojento" e sorri com a ideia de ter dito tudo isso com o meu olhar. Claro que eu não iria falar isso na frente de todo mundo, mas eu sabia que quando a polícia mostrasse para ele as gravações eu teria a minha vingança.

Poucos minutos depois que o Alex foi levado pela polícia, outro burburinho começou a se espalhar pela empresa. A Laura veio me abraçar comemorando. Um vídeo de Alex estava viralizando nas redes sociais. Era uma edição com várias falas que gravamos dele mostrando o seu comportamento doentio em relação às mulheres. Era como se fosse uma compilação dos melhores momentos, ou seja, das piores coisas que ele disse. A melhor parte era que o meu nome não foi citado em nenhum momento, nem a minha voz era ouvida. Na hora eu soube que isso era coisa do Leonardo. Apesar de ser uma edição de vídeo, o Eric não tinha o perfil de fazer algo assim sem me contar, já o Leo era praticamente um especialista nisso. Liguei para ele imediatamente.

- Foi você, não foi?

- Não sei do que você está falando, Ventura.

- O vídeo. Sei que foi coisa sua. Você não estava confiante de que a polícia iria resolver tudo e agiu por conta própria.

- Eu? Nunca. Olha, não sei quem foi, provavelmente foi o cara que trabalha com edição, né? De qualquer forma eu estou adorando ver que o Alex vai perder tudo o que tem. Atualmente, a opinião pública é mais cruel do que a lei. A vida dele acabou, mesmo que ele seja solto.

- Obrigada, Leo.

- Você está agradecendo para a pessoa errada. Eu não fiz nada. Juro de mindinho.

- Claro, vou fingir que acredito.

Eu sabia que ele tinha feito o vídeo, mas era humilde o suficiente para querer ficar no anonimato. Ele tinha razão, mesmo que Alex desse um jeito de escapar da polícia, nenhuma empresa iria querer contratá-lo depois desse escândalo. Isso foi o suficiente para me deixar em paz. Quando saí do trabalho o Eric estava me esperando na frente do prédio com o seu sorriso perfeito e um lindo buquê de flores. Ele me abraçou, me deu um beijo de conto de fadas e me levou para um jantar de comemoração. Estávamos tão animados quanto nos nossos primeiros encontros. Conversamos muito, como no dia em que nos conhecemos. Eu senti que podia ser eu mesma novamente. Ele também parecia aliviado. Depois do jantar, ele me levou para um cinema ao ar livre. O filme se chamava "Brilho eterno de uma mente sem lembranças". Ficamos abraçados olhando a tela e as estrelas. No meio do filme, ele colocou alguma coisa na minha mão. Quando eu abri a mão, vi uma pulseira linda com três pingentes, uma letra S, um sinal de soma e uma letra E. Conversamos baixinho.

- Eric, que pulseira linda. Hoje nem é meu aniversário. Não precisava me dar nada.

- É um presente de comemoração pelo fim desse pesadelo. Representa nós dois e o nosso amor.

- Esse símbolo de soma lembra o símbolo que tem em algumas farmácias?

- Você é tão esperta, por isso eu te amo.

- É um presente lindo, eu amei. Também amo você.

Ele colocou a pulseira em meu pulso e eu fiquei me revezando entre admirar os pingentes, assistir ao filme, olhar para as estrelas e observar seu lindo rosto perto do meu. Foi uma noite perfeita, como todas as que passei ao seu lado desde o nosso primeiro encontro. Fomos para a casa dele depois disso. Ele havia feito um caminho com flores e velas até a cama. Preparou espumante e chocolates. Era uma comemoração digna de uma noite de núpcias. Como se eu precisasse de algo além dele para ser feliz. Ele se aproximou de mim, me olhou intensamente, mordeu levemente os seus lábios, emoldurou o meu rosto com as suas mãos e me beijou tão intensamente que fiquei sem ar. Depois desse beijo e não hesitei mais. Me joguei em seus braços e me entreguei completamente. Finalmente eu me sentia livre, estava sem medo e sem pudor. Eu sabia que poderia dar a ele todo o amor que estava guardado e sentia que eu também merecia receber o amor dele de volta.

Os dias passaram rapidamente e eu estava perfeitamente feliz. Durante aquela semana, diversas mulheres criaram coragem e se manifestaram contra Alex. Mais casos também surgiram, contra outros profissionais da área que tinham abusado de mulheres. Eu tive que dar meu depoimento à polícia, mas diferentemente do que eu pensava, foi tudo muito discreto. Eu achava que ia ficar completamente exposta a todos, mas fui respeitada e ouvida. Claro que as pessoas do trabalho sabiam que eu já fui assistente do Alex e que éramos íntimos, porém ninguém veio me perguntar se ele tinha feito algo comigo ou se eu tinha feito a denúncia. Era como se a minha vida pudesse continuar normalmente, sem o peso que eu carregava nas costas, sem as feridas abertas e sem ter que lidar com o Alex. Eu tinha medo dele tentar se vingar da gente de alguma forma, mas torcia que depois que ele fosse julgado e pagasse pelos seus erros, ele se tornasse alguém um pouco melhor. Eu tentaria esquecê-lo e esperava que ele fizesse o mesmo.

O que mais me deixava triste era ter passado por tudo isso para conseguir ter coragem de falar e ser ouvida. Eu era a vítima, mas senti que tinha que reunir provas contra o Alex, porque sem elas eu não me sentia capaz de denunciá-lo. Não deveria ser assim, mas eu tive medo e não confiei em ninguém. Eu achei que tinha feito algo errado, que não merecia ser protegida e que era culpada por ter sido violentada. Hoje entendo que não fui conivente por ter sido uma pessoa consciente que tentou fazer com que ele usasse preservativo. Mesmo em uma relação com consentimento, o fato dele não ter usado proteção quando eu pedi já foi um ato de violência. Foram vários abusos físicos e psicológicos.

Percebi que o meu relacionamento anterior com ele não tornava a minha negação menos poderosa. Mesmo se eu não tivesse dito não, se tivesse ficado totalmente muda sem conseguir falar, ele não tinha o direito de fazer nada contra a minha vontade. A violência pode ter várias formas, mas todas são inaceitáveis. Torcia que nenhuma outra mulher se sentisse como eu tinha me sentido. Esperava que elas não tivessem medo de fazer a denúncia, seja de um desconhecido, de um amigo, do namorado ou mesmo do marido. Esperava que elas confiassem e que fossem ouvidas e respeitadas.

Eu fiquei muito feliz ao ver que depois da minha iniciativa, outras mulheres também tiveram coragem de falar. Elas não se calaram mais sobre Alex e sobre outros como ele. Assim como eu, elas também merecem a chance de recuperar suas vidas depois de passar por uma violência. Todos nós merecemos. Eu sei que só consegui fazer a denúncia graças ao amor das pessoas que gostam de mim. Esperava que eu conseguisse me amar o suficiente para querer o meu bem da mesma forma que eles querem. Se eu soubesse antes como me amar e me respeitar, talvez eu tivesse tido forças para lutar mais cedo. A partir daquele momento eu decidi ser ainda mais forte, pois tinha percebido que eu era capaz.

CAPÍTULO 12 - AMAR E SER AMADA

Depois de algum tempo tudo pareceu um pesadelo distante. Eu estava muito melhor. O Eric e eu estávamos mais apaixonados do que nunca. Ele era muito compreensivo comigo e eu estava fazendo o meu melhor para retribuir todo o seu carinho. Na maioria das vezes a gente passava o tempo sozinhos, mas de vez em quando a gente marcava de sair com nossos amigos, principalmente o Leonardo e a Laura. Depois do nosso plano juntos para derrubar o Alex, era como se a gente tivesse formado um quarteto de amigos com uma história muito forte nos conectando. O Leo aceitava o Eric cada vez mais. Era um alívio para mim ver que ele estava virando a página. Ele até começou a sair com uma colega de trabalho e parecia estar feliz com ela. Tudo que eu mais queria era a felicidade do meu melhor amigo e a boa convivência dele com o amor da minha vida.

Na editora praticamente tudo voltou ao normal. A empresa pediu desculpas pelos erros dos funcionários, demitiram o Alex, a Alice e alguns homens machistas que acobertavam os escândalos constantemente. Aos poucos eles contrataram outras pessoas focando na diversidade e mudaram algumas condutas internas. Era pouco, perto de tudo o que aconteceu, mas era um começo. O Alex parecia não fazer falta, o que era engraçado porque ele se considerava insubstituível. Eu resolvi não ficar procurando saber o que aconteceu com ele e seguir a minha vida. Esperava que ele fizesse o mesmo. Eu consegui cicatrizar a ferida que tanto doía e segui em frente em busca da minha felicidade.

O tempo foi passando e eu estava cada vez mais segura com o Eric. Já estava praticamente morando com ele, porque era impossível para a gente ficar muito tempo separados. Fazíamos tudo juntos. Ele continuava me tratando como uma princesa e eu finalmente estava conseguindo fazer o meu melhor para retribuir tanto amor. Conheci os pais dele e ele os meus. Era um motivo de muita ansiedade para mim, mas felizmente os pais dele pareciam ter gostado muito de mim. Eu fiquei encantada com o jeito que eles se tratavam amorosamente como família. Não era atoa que ele era tão doce e respeitador. Meus pais também gostaram muito do Eric, afinal ele era um perfeito cavalheiro. Começamos a fazer diversas atividades em conjunto com as nossas famílias, inclusive com o Leo, que sempre foi como meu irmão. A minha vida estava completa e eu não parecia mais a Sara de antes.

Depois de um ano juntos, o meu aniversário chegou novamente. Na véspera, o Eric já estava me paparicando com um jantar à luz de velas. Ele sempre fazia eu me sentir a pessoa mais importante do mundo. Bebemos soju e rimos a noite toda. Eu não gostava de ficar tão bêbada, mas naquela noite me soltei completamente. Há um ano eu tinha conhecido meu príncipe e a minha vida tinha mudado completamente. Eu sentia que tinha nascido novamente. Era uma data que merecia ser muito comemorada. Dancei, pulei e ri como se fosse uma adolescente. Nos beijamos como se não houvesse amanhã. Perdi totalmente o pudor e o amei apaixonadamente a noite toda. Foi o início de mais um aniversário maravilhoso.

No outro dia, acordei com a cabeça explodindo de dor. Eu não estava mais acostumada a beber tanto e a sentir os efeitos do álcool dessa forma. Quando olhei para o Eric dormindo, me senti a pessoa mais sortuda do mundo. Dei um beijo em sua bochecha e fui ao banheiro me arrumar um pouco. Quando voltei para a cama ele estava me esperando com uma cesta de café da manhã especial de aniversário. Acho que na hora que eu acordei, ele fingiu estar dormindo para não estragar o seu plano. Ao lado da xícara de café estava uma caixinha de remédio para dor de cabeça. Ele me conhecia muito bem e sabia que com certeza eu estaria com ressaca. Quando ele me olhou, me deu o melhor presente do mundo, o seu sorriso perfeito.

- Feliz aniversário, meu amor. Eu te amo demais.

- Eric, onde você esconde as suas asas?

- Você é o anjo aqui, mas provavelmente está de ressaca e precisa se recuperar. Tome seu café com esse remedinho que vai te ajudar.

- Obrigada, mas não precisa. Você é meu melhor remédio.

- Precisa sim. Além do remédio tenho que te dar o seu presente, é claro.

- Você também é o meu melhor presente.

- Engraçadinha essa aniversariante.

Ele me deu um beijo apaixonado e me entregou uma caixa de presente. Dentro estava um conjunto maravilhoso de colar e brincos com formato de coração. Fiquei encantada. Agradeci e dei um abraço apertado nele. Ao sentir seu corpo no meu eu já fiquei com segundas intenções, querendo me aproveitar novamente do meu namorado lindo. Comecei a tentar tirar o pijama dele, mas por algum motivo ele bloqueou o meu ataque surpresa e me entregou a caixinha de remédio. Aparentemente ele fazia questão que eu melhorasse logo, então eu abri a caixa rapidamente. Dentro da caixa tinha um bilhete e uma chave. O bilhete dizia:

Linda aniversariante, você quer morar comigo?

Eu já deveria ter imaginado que tinha alguma surpresa lá dentro, afinal tudo que envolvesse farmácia era a nossa marca registrada. Acho que a ressaca estava atrapalhando os meus sentidos, porque fui pega de surpresa. Eu fiquei tão feliz que me joguei em seus braços.

- Sim, claro que eu aceito oficialmente morar com você, até porque eu já estou praticamente fazendo isso há um tempo.

- Só que agora vamos ter apenas uma casa e eu sempre estarei ao seu lado. Todos os dias vou poder te ver quando eu acordar e não vou ter que ficar torcendo para que você fique comigo por mais uma noite. E o mais importante, agora vamos construir um lar juntos.

- Você é lindo, sabia? Fez toda essa surpresa. Até parece que não sabia que eu iria aceitar.

- Você descobriu que eu não tenho superpoder nenhum e que você pode facilmente me dizer não, então eu tinha que me esforçar para ganhar esse sim.

- Você é demais. Eu sou muito feliz ao seu lado. Obrigada, meu amor.

- Depois de morarmos juntos por um tempo, você vai me dar aquele outro sim, não é? O sim mais importante e mais definitivo?

- Eric, já falamos sobre isso. Sem pressa.

- Eu estou com pressa para ver você toda linda vestida de noiva. E é claro, rapidamente tirar o seu vestido.

- Sendo assim, vou pensar no seu caso.

- É bom pensar logo, porque não sei até quando eu consigo me segurar.

- Até lá vamos ser os melhores namorados e colegas de quarto do mundo.

- Colegas de quarto? Colegas de cama, isso sim. Vem cá, aniversariante.

Realmente a cama era o lugar mais habitado da casa, para a minha sorte. Depois dessa surpresa maravilhosa de aniversário, só faltava passar mais um tempo deitada com ele para completar o meu dia perfeito. Claro que ele tinha planejado mil atividades para o resto do dia. Comemorar o meu aniversário era mais emocionante para ele do que para mim e isso me faz amá-lo ainda mais. Estávamos muito felizes juntos, tanto que eu tinha um pouco de medo de mudar alguma coisa e estragar tudo. Mesmo assim eu sabia que seria ótimo morar com ele, era tudo o que mais queria. Então, decidi me manter otimista e aproveitar esse momento.

Eu não seria mais a Sara Ventura que odeia filas, se irrita com pessoas trocando dinheiro e acha a terça-feira um dia sem sal. Decidi que seria a Sara forte, empoderada e que gosta de viver plenamente. Sabia que por ele nós já deveríamos estar noivos, mas eu queria ir devagar, aproveitando cada fase, cada beijo e cada dia ao lado dele. Me amando, sendo amada e amando o Eric profundamente. A forma que nos conhecemos foi mágica e desde aquele dia eu sou grata pelo acaso que nos reuniu, mas sabia que tínhamos que continuar nos esforçando todos os dias para que essa felicidade durasse. Uma coisa era certa, eu me sentia capaz de fazer tudo dar certo. Eu realmente tive uma ótima ventura ao encontrar o Eric, mas daquele momento para frente, o destino poderia até tirar férias, porque eu estaria no comando.

EPÍLOGO - O CARROSSEL

O Eric sempre arrumava alguma forma de me ver durante o dia e quando a gente não tinha tempo para ficar juntos, pelo menos a gente se via em casa toda noite. Era a grande vantagem de morar junto com ele, nunca ficar sem ver seu lindo rosto. Depois de alguns dias corridos e de muito trabalho, em que não tivemos tempo para o lazer, ele decidiu me levar para viajar no final de semana. Sorte que ele avisou com antecedência e eu tive tempo de me preparar. Amo surpresas, mas adoro me sentir preparada para elas. Ele reservou um hotel em uma cidade próxima que tinha uma vista linda para as montanhas. Na sexta-feira, depois do trabalho, ele já foi me buscar com o carro cheio de guloseimas para a viagem. A minha mala também já estava lá, pois ele já tinha deixado tudo pronto. Acho que ele estava tão ansioso quanto eu.

No caminho fomos conversando, cantando músicas bem alto e rindo bastante. Achei engraçado o fato dele conseguir me acompanhar cantando Adele e Pink depois de tanto tempo ouvindo as minhas músicas favoritas. Nós dois estávamos muito felizes em fazer esse passeio juntos, mesmo que fosse algo rápido. Já estava escuro quando chegamos no hotel, mas foi perfeito porque as árvores estavam enfeitadas com lindas luzes e o céu parecia ter ainda mais estrelas. Fomos para o quarto e vi que ele tinha escolhido um chalé enorme só para nós dois. A cama estava enfeitada com pétalas de rosas e tinha uma banheira enorme dentro do quarto. Eu já fiquei com o rosto vermelho só de pensar em como a gente passaria o final de semana. Na parte externa havia um lindo jardim com uma mesa posta. Logo depois que acomodamos a bagagem, chegou o serviço de quarto com um jantar apetitoso e um vinho que parecia ser muito chique. Ele havia planejado cada detalhe e o clima estava incrivelmente romântico.

- Meu príncipe, você gastou uma fortuna e não é nem uma data especial.

- A gente não tem que guardar as coisas boas da vida só para datas especiais. Na verdade, todo dia com você é mágico para mim.

- Você me mata de vergonha aprontando essas cenas românticas.

- Não posso deixar a minha fama acabar. Além disso, no seu aniversário você não me deixou fazer nada grandioso, então tive que compensar em outra data.

- Está tudo perfeito, muito obrigada. Eu amo você.

- Eu te amo mais, minha princesa linda.

Jantamos olhando para as estrelas e bebemos o vinho todo, o que foi a receita certa para me deixar tonta. Depois do jantar ele colocou uma lista de músicas coreanas românticas e dançamos sob a luz do luar. Eu estava me sentindo a mulher mais sortuda do mundo, como sempre. Já estava ficando tarde e ele me pediu para esperar no jardim. Ele estava discretamente preparando a banheira, só que o barulho da água entregou toda a surpresa. Eu entrei no quarto e ri tanto que ele ficou sem entender nada.

- Eric, você pretende deixar espaço para alguém tomar banho ou a espuma vai ter que ficar sozinha na banheira?

- Exagerei no sabão?

- Bastante, mas ficou divertido.

- Eu pretendia colocar duas pessoas lá dentro.

- Sério? Vai chamar alguém para cá tão tarde assim?

- Engraçadinha.

Ele correu atrás de mim e eu fugi gritando, acho que estava realmente embriagada porque estava rindo sem parar. Ou será que era de tanta alegria? As duas opções eram boas, porque me deixavam totalmente à vontade com ele. Quando ele conseguiu me alcançar já tratou logo de começar a tirar a minha roupa. A Sara antiga teria vergonha, mas depois de tudo que passamos eu estava me sentindo cada vez mais livre para me entregar completamente para ele, sem resquícios dos traumas do passado. Ele me beijou apaixonado e eu literalmente flutuei em seus braços. Fiquei completamente despida na frente dele e ele teve a melhor reação possível. Respirou fundo, me olhou como se eu fosse uma joia preciosa, se aproximou de mim lentamente e me puxou para perto dele. Meu coração batia acelerado, meu sangue parecia pulsar dentro de mim e minha pele ficou arrepiada de antecipação. Ele passou suas mãos pelos meus cabelos e colocou a mecha que estava cobrindo o meu rosto atrás da minha orelha, para que pudesse sussurrar no meu ouvido que eu era a mulher mais linda do universo. As borboletas na minha barriga foram a loucura e eu simplesmente o ataquei fervorosamente. Entramos na banheira juntos e eu tive mais uma experiência inédita, graças a ele. Foi uma noite maravilhosa que começou na banheira e terminou na cama, onde depois de nos amarmos vigorosamente, dormimos abraçados. Estávamos cansados e totalmente imersos pelas sensações deliciosas que os nossos corpos entrelaçados nos provocavam. Era um momento de puro amor.

Passamos o dia seguinte no hotel, apreciando o quarto, a banheira, a vista, a piscina e o quarto novamente. Acho que o quarto era o melhor lugar de todos. Não sei o que ele fez para me tornar assim tão viciada nele, mas era como se eu o quisesse cada vez mais e nunca estivesse satisfeita. Eu já não conseguia mais ficar sem o seu calor, seu cheiro, sua pele, sua doce voz no meu ouvido e seu beijo maravilhoso. Era uma sensação nova para mim estar loucamente apaixonada. Eu fazia questão de mostrar para ele o quanto ele era importante para mim, esperando que ele pudesse sentir o tamanho do meu amor por ele. Rimos muito quando percebemos que não vimos nada da cidade o dia todo, então combinamos que no dia seguinte iríamos passear. No fundo eu nem fazia questão de fazer turismo. A minha vontade era continuar com ele naquele chalé para sempre.

No domingo pela manhã fomos dar uma volta, conforme o combinado. Depois de olharmos algumas atrações da cidade ele me convidou para uma feira de artesanato, pois queria comprar um presente de aniversário para a mãe dele, ou melhor, para sua omma, que é o apelido dela por significar mãe em coreano. Eu adorava a mãe dele e topei na hora. A família dele era maravilhosa e eu me sentia muito bem acolhida por eles. Inclusive aprendi bastante sobre a cultura da Coréia do Sul durante esse tempo de namoro e estava encantada. Como ele é um ano mais velho que eu, de vez em quando eu o chamo de oppa, uma expressão que garotas usam para chamar um irmão ou amigo mais velho e faz sucesso nos doramas. As vantagens de ter virado uma dorameira apaixonada é que comecei a ser mais romântica, mas não tanto quanto o Eric, é claro. Sempre que ele me ouve o chamando de oppa, se derrete por mim.

Estávamos analisando algumas peças de cerâmica quando uma moça que parece ter saído diretamente de um catálogo de modelos veio falar com ele. Ela o abraçou como se ele fosse um amigo muito íntimo dela e ele pareceu surpreso na hora.

- Eric, há quanto tempo.

- Zoe, nossa. Você está de volta? - disse Eric, parecendo surpreso.

- Voltei na semana passada. Ia falar com você para a gente marcar de sair. Que sorte te encontrar assim.

- É muita coincidência encontrar você aqui. Você voltou da França permanentemente?

- Voltei sim, para a felicidade dos meus fãs - falou Zoe enquanto piscava para Eric.

- Eu achei que você ficaria mais tempo lá.

- Lá é maravilhoso, mas tem coisas que só encontro aqui, como você, por exemplo.

- Zoe, deixa eu te apresentar, essa é a minha namorada, Sara.

- Muito prazer, Sara. Eu sou a sortuda anterior.

- Amor, essa é a minha ex-namorada, Zoe - falei, tentando não demonstrar nervosismo na voz.

- Imaginei. Muito prazer, já ouvi muito sobre você, Zoe.

- É mesmo? Eu espero que só coisas boas.

- Claro que sim. Você está passeando aqui na cidade ou veio trabalhar?

- Infelizmente estou aqui para trabalhar, tive uma apresentação ontem.

- Legal. O Eric e eu viemos a passeio.

- Como assim a passeio, Sara? Foi o nosso final de semana romântico, não foi? - disse Eric, enquanto se aproximava para me abraçar.

- Claro, meu amor. Foi uma linda surpresa romântica.

- Sara, aproveita, viu? Ele é muito romântico mesmo, eu me lembro bem de quando namorávamos. Se eu soubesse que estavam aqui eu teria os convidado para a apresentação. Você adorava me ver tocar, não é mesmo, Song?

- Você toca muito bem, mas de qualquer forma não teria sido possível. A gente tinha uma série de coisas para fazer ontem. Foi uma noite agitada - afirmou Eric.

- Imagino. Fico feliz que consegui pelo menos te ver. Senti muito a sua falta. Eu preciso te contar tudo sobre Paris, foi um sonho realizado. Vocês têm tempo para um café agora?

- Na verdade, estamos com pressa, Zoe. Eu e a Sara temos uma reserva para um passeio.

- Um café não vai atrapalhar vocês. Você sabe que eu falo super-rápido, vai ser como uma voltinha na montanha-russa.

Eu e o Eric olhamos um para o outro e rimos, como se tivéssemos uma piada interna que ela não conhecia. Ela nem imaginava, mas foi assim que ele a descreveu, uma montanha-russa. Claro que falamos sobre ela, a famosa Julieta de cabelo azul. Ele ainda estava com ela quando nos conhecemos pela primeira vez. Só que agora ele era meu e ela não tinha mais o cabelo colorido. Mesmo assim, ainda era desnecessariamente linda, só parecia mais séria e madura. Será que ela voltou para procurar o Eric? E eu ouvi mesmo ela chamando o meu namorado de Song? Por isso ele não quis que eu o chamasse assim? Senti aquele indesejável sentimento de ciúmes começando a brotar.

Pensei logo que a minha intuição estava certa e que deveríamos ter ficado no quarto do hotel o final de semana todo. Que tipo de coincidência estranha foi esbarrar com a antiga namorada do Eric em um lugar que não era frequentemente visitado por nenhum de nós? Parecia até coisa do destino novamente, só que esse cenário não estava favorável para mim. Tive que focar na minha decisão antiga de não deixar mais nada à mercê do acaso, assim consegui manter a minha postura de namorada confiante. Afinal, ele estava passando mensagens para mim de forma indireta, como quando ele falou sobre a nossa noite agitada. Aquilo com certeza foi proposital para me trazer boas lembranças das nossas maravilhosas horas de amor intenso.

Enquanto eu bebia o meu café, tentando parecer muito tranquila, eles conversavam. Por dentro eu estava tremendo de ansiedade. Fiquei torcendo para que ela contasse que tinha se casado com um francês maravilhoso ou que tinha entrado para um convento. Eu ficaria feliz com qualquer opção, desde que fosse algo que a deixasse bem longe do meu namorado. Eu fiquei observando a interação deles durante alguns minutos. Realmente parecia que eles não se falavam a muito tempo. Mesmo assim, eu me senti incomodada com a postura da Zoe.

Ela tentava tocar nele sempre que tinha oportunidade. O Eric não parava de fazer carinho na minha mão, enquanto ela falava sem parar contando sobre as suas aventuras em Paris.

De repente eu me lembrei do que ele disse sobre ela ser uma montanha-russa. Ela realmente parece ser intensa. Será que se ele tivesse que me descrever, seria como qual brinquedo? Com certeza não seria algo muito radical. Talvez um carrossel simples, com alguns altos e baixos, mas sempre girando devagar. A Julieta, ou melhor, a Zoe, parecia ser infinitamente mais interessante do que eu. Será que um homem que já gostou de montanha-russa consegue ser feliz dando voltas para sempre em um carrossel? Será que o meu poder de ser irresistível para ele seria o suficiente para superar a presença da sua ex? Essas dúvidas começaram a me atormentar e eu devo ter parecido aflita, porque o Eric me puxou para mais perto dele, colocando o seu braço em volta de mim e me dando um beijo rápido na bochecha. A Zoe percebeu essa movimentação e ao contrário do que a maioria das pessoas faria, ela não fingiu que não viu.

- Calma Eric, ela não vai fugir. Você como sempre é superprotetor com quem gosta. Vocês parecem muito felizes - disse Zoe.

- Sim, estou muito feliz desde que conheci a Sara. Nosso encontro foi coisa de destino.

- Logo você, falando sobre destino? Interessante, vou querer saber tudo sobre essa história. E o seu trabalho? Seus pais? Você precisa me atualizar sobre tudo.

- Meu trabalho está indo bem, mas estou começando a criar coragem de ir para a área de cinema, depois de fazer alguns cursos. A Sara me dá muito apoio. E os meus pais estão bem, muito felizes. Estávamos inclusive comprando um presente para a minha mãe aqui. Ela adora tudo que a Sara escolhe.

- Sua omma a aceitou? Ela é a pessoa mais exigente que já conheci. É, eu estou impressionada. Parece que você finalmente encontrou a pessoa certa.

- Ela seria certa mesmo se a minha mãe não tivesse se dado tão bem com ela. Nós temos uma história muito bonita. Ela me completa.

- Completa? Engraçado. Que bom que ele achou você, Sara. Eu estou errada com certeza, porque já sou uma pessoa completa sozinha. Não preciso de outro para isso. Apesar de que um dia você se encaixou muito bem comigo, Song.

- Zoe, nós temos que voltar. A gente se vê por aí. Vamos, Sara?

- Vamos, meu amor.

- Que pena, mas foi ótimo te encontrar, Eric. Vamos marcar com mais calma, pois eu ainda tenho muitas histórias sobre Paris. Sara, espero te ver novamente também.

- Mal posso esperar, Zoe - falei, respirando fundo para conseguir me despedir com um sorriso no rosto.

Viramos as costas, o Eric me abraçou, me deu um beijo na boca, que ela com certeza conseguiu ver, e fomos andando juntos para longe da famosa Julieta que voltou para me assombrar. Imagino o quanto ela estava ansiosa para me ver novamente. Me engana que eu gosto. Falar que ele se encaixou muito bem com ela foi o cúmulo. E por que ela achava que o Eric precisava saber tudo sobre a vida dela? Logo sobre Paris, só para que eu me lembrasse da famosa frase de Casablanca. Só faltou ela falar para o Eric "nós sempre teremos Paris". Será que o Eric já tinha levado ela para um encontro naquele cinema? Será que eles viram Casablanca também? Ou será que ele se lembrou dela quando viu essa cena naquele dia em que estava comigo? Minha cabeça se encheu de dúvidas novamente. Fiquei completamente insegura. No caminho até o carro nós falamos um pouco sobre ela. Eu tentei, mas não consegui me segurar, então perguntei o que eu tanto queria saber.

- Eric, ela é muito falante, né?

- Fala até demais, me desculpe se ela foi muito inconveniente, meu amor.

- Achei muita coincidência, logo Paris.

- Por que coincidência?

- Casablanca. Sempre teremos Paris, lembra?

- Nossa, nunca tinha pensado nisso.

- Você não pensou nisso naquele dia que vimos o filme? Nunca levou ela lá?

- Claro que não. Eu e ela não tivemos essa história de amor romântica e intensa como você pensa, minha linda. Guardei tudo isso para você.

- Não foi o que ela quis demonstrar.

- A Zoe é assim, sempre força a situação e faz tudo parecer maior do que é. Você ficou com ciúmes?

- Eu? Não.

- Não mesmo?

- Quer dizer, fiquei um pouco, já que ela estava bem atirada para cima de você.

- Você não precisa ter ciúmes. Ela faz de propósito, sempre fala como se fosse muito íntima das pessoas. Talvez seja coisa de artista. Ela toca violoncelo profissionalmente. Eu já tinha te falado, né? Era o que ela estava fazendo em Paris.

- Não, você não tinha me falado. Mas eu percebi que ela era musicista pelo que ela estava contando. A vida dela parece empolgante e ela é muito bonita.

- Ela torna tudo mais empolgante quando conta para os outros, mas no fundo ela é bem insegura. Fora que ela não chega nem a seus pés, meu amor. Você é a mais linda de todas.

- Até parece.

- Ela é só uma conhecida agora. Você sabe que eu te amo muito.

- Também te amo demais, oppa.

Ele ouviu a palavra mágica coreana e como sempre veio correndo me dar um beijo apaixonado. Apesar da Zoe ter sido simpática, eu senti uma ponta de ironia em sua fala, talvez até de inveja ou ciúmes. Parecia que ela estava dando recados para o Eric ou talvez até para mim. Me lembrei de quando eu os encontrei na farmácia e senti dor de cotovelo. Engraçado como o jogo tinha virado. Comecei a me questionar se eu deveria me preocupar com ela, mas depois lembrei do comportamento do Eric me dando carinho e falando bem do nosso relacionamento na frente dela. Eu vi que ele tentou me passar muita segurança sobre nós dois e ao mesmo tempo bloqueou as investidas dela. Mesmo não sabendo se podia confiar nela, sabia que o meu namorado merecia a minha confiança e isso bastava. Ele me amava e disso eu não tinha dúvidas. Decidi me amar e amá-lo o suficiente para não me importar com mais nada e com mais ninguém. Também percebi que ele tinha sorte de estar comigo, tanto quanto eu me sentia sortuda por estar com ele. Afinal, um carrossel também pode ser muito divertido.

Estávamos andando abraçados, ele me deu um beijo, sorriu para mim e eu percebi que pequenas coisas como essas me deixavam completamente feliz. Depois desse tempo juntos eu estava segura sobre a nossa relação e sobre mim mesma. Era maravilhoso estar com ele, mas eu não sentia mais medo de perdê-lo. Eu o amava, porém também estava gostando de mim. Não me via mais como a única Ventura azarada da família. Sorri ao perceber o tanto que eu havia mudado. Animada, comecei a fazer planos para o nosso próximo final de semana juntos. Foi quando me lembrei daquela Sara na fila da farmácia que estava traumatizada e irritada com o casal que trocava carícias enquanto fazia planos juntos. Olhei para o lado e pensei que naquele momento outra pessoa poderia estar olhando para nós dois com aquela mesma irritação. Afinal, mesmo sem querer, sei que estávamos desfilando a nossa alegria por onde passávamos. Se essa pessoa realmente existisse, eu esperava que ela se encontrasse, como eu me encontrei. Depois disso o amor e a felicidade com certeza vão chegar até ela também.

Eu venci tantas dificuldades que me sentia capaz de ser a heroína da minha história e o Eric era a escolha perfeita para ser o meu par. Então, decidi trabalhar para que o nosso final fosse feliz. Melhor ainda, eu iria me esforçar para que o nosso amor não tivesse um final. E se infelizmente o fim chegar, que pelo menos eu fique com a consciência tranquila de que fiz tudo o que podia. Com boa ou má ventura, eu iria batalhar pelo meu "feliz para sempre", mesmo que seja escrito dessa forma, no singular. O importante era que eu, Sara Ventura, estava me amando intensamente.

AGRADECIMENTO

Agradeço a minha família por todo o amor.

A minha mãe que me deu o coração e o meu pai que me deu a sabedoria. Foram os meus primeiros fãs e nunca mediram esforços para me apoiar.

A minha irmã mais velha que me deu a força. Leu o livro em tempo recorde me estimulando a dividi-lo com outras pessoas e me ajudou durante todo o processo.

A minha irmã mais nova que me deu a delicadeza. Foi a minha parceira no design da capa, das artes de divulgação e a fotógrafa da minha foto de autora do livro.

O meu marido que me deu o verdadeiro romance. Sempre esteve ao meu lado, me encorajou desde o início, foi o primeiro leitor e revisor do livro.

A minha filha que me deu o mais puro amor. Foi a bebê mais doce que poderia existir e mudou completamente a minha vida.

Os meus sobrinhos que me deram a ternura, os meus sogros que me deram o horizonte e a minha amiga desde a época de escola que me deu o oriente.

Este livro só existe por causa de vocês.

Agradeço também a Editora Letramento pela oportunidade incrível, aos meus demais familiares, amigos e colegas por todo o apoio e por serem essenciais colaboradores do livro.

Eternamente grata aos atuais e futuros Venturetes.

- editoraletramento
- editoraletramento.com.br
- editoraletramento
- company/grupoeditorialletramento
- grupoletramento
- contato@editoraletramento.com.br

- editoracasadodireito.com
- casadodireitoed
- casadodireito